《詩經》接受論
林耀潾 著
Family Sky
天空數位圖書出版

目次

序　論

《詩經》的接受研究，最早見於佘正松、周曉琳主編的《《詩經》的接受與影響》一書（上海市：上海古籍出版社，2006 年 7 月）。此書為集體著作，共收入論文二十一篇，其所謂的《詩經》的接受與影響，採取較寬泛的定義。論文名稱中有「接受」一詞者，計有楊紅旗〈以意逆志說與《詩經》的接受〉、王勝明〈試論司馬遷對《詩》的接受〉、周曉琳〈魏晉詩人《詩經》的接受與發展〉等四篇而已。其餘十七篇篇名，未見「接受」一詞，以下但列出數篇，以蓋其餘。佘正松〈論《詩經》征戍詩的風格特徵〉、鄭杰文〈墨家傳《詩》與戰國《詩》學系統〉、唐愛明〈謝詩《詩三百》旨趣論〉、鄒明軍〈略述〈文選序〉對〈毛詩序〉的繼成和發展〉、強中華〈蕭綱《毛詩十五國風義》臆測〉、楊世明〈朱熹《詩集傳》于《詩序》有廢有從考說〉、姚永輝〈朱熹與呂祖謙關於《詩經》的四大論辯平議〉、羅建新〈姚際恒對《詩經》文學性的體認〉、羅建新〈詩「正變」說平議〉、查中林〈《詩經》的語言結構對成語的影響〉、何柯〈制度文化與《詩經》研究〉、何希凡〈《詩經》中的「水」與民族文化心理的文學呈現〉等。

寧宇《古代《詩經》接受史》（濟南市：齊魯書社，2014 年 12 月）是一部體大思精的《詩經》接受史專著。其書共分七章，其各章重點如下：第一章朦朧的認識——先秦《詩經》的接受，下分三節《詩》之成書過程與接受、孔子對《詩》的接受、戰國時期《詩》之應用性接受。第二章政教籠罩下的艱難行進——兩漢《詩經》的接受，下分四節兩漢《詩經》政教化的接受特點、四家詩視野中的《詩經》、《焦氏易林》對《詩經》的接受漢代《詩經》接受餘論。第三章文學自覺觀念影響下的輻射——魏晉南北朝《詩經》的接受，下分三節文學觀念的演變與《詩經》接受、文論家視野中的《詩經》、文學家眼中的《詩經》。第四章風雅傳統的回歸與發揚——隋唐《詩經》的接受，下分四節官方意識對《詩經》接受的影響、變革文風思潮下的《詩經》接受、文學家對《詩經》的接受、餘論。第五章理性觀照下的吟詠——宋代《詩經》的接受，下分五節宋代理學思潮下《詩經》接受的新局面、北宋《詩經》的接受、南宋《詩經》的接受、朱熹的《詩經》接受、宋代詩話中的《詩經》。第六章反傳統思潮下的突破——明代《詩經》的接受，下分五節明代《詩經》接受的特定背景、鍾惺的《詩經》接受、戴君恩的《讀風臆評》、萬時華的《詩經偶箋》、明代《詩經》的接受特點。第七章集大成學術背景下的豐收期——清代《詩經》的接受，下分五節清代《詩經》接受概說、評點類《詩經》接受、評析類《詩經》文學接受、詩話類《詩經》文學接受、論說類《詩經》文學接受。就上述章節觀之，寧宇《古代《詩經》接受史》的「接受」概念，採取寬泛的意義，只要與《詩經》有關的應用、詮釋、化用都可納入。《詩經》接受史所涉及的人物多樣，教育家、哲學家、政治家、文學家、詩論家、理學家、評點家、詩話家、經學家、文論家等都有其一席之地。這是一部鳥瞰式的《詩經》接受史，各章節雖多點到為止，但仍具學術價值。

楊晉龍有關《詩經》的研究，明顯具有「接受」意識的論文，列舉如下：〈《文昌化書》內《詩經》資料研究〉，《第五屆詩經國際學術研討會論文集》，中國詩經學會編，頁583-598，北京：學苑出版社，2002年7月。〈何楷《詩經世本古義》引用《化書》及其相關問題探究〉，《中國文哲研究集刊》21期，頁293-338。2002年9月。〈明清詩經學著作中的《文昌化書》〉，《第四屆通俗文學與雅正文學研討會論文集》，國立中興大學中文系編，頁 169-218，臺北市：新文豐出版公司，2003 年 12 月。〈《五行篇》的研究及其引用《詩經》文本述評〉，《經學研究集刊》2期，頁159-196，2006年10月。〈明代詩經學論著運用佛典的研究〉，《台灣學術新視野：經學之部》，林明德、黃文吉主編，頁126-169，臺北市：五南圖書出版公司，2007 年 6 月。〈經學與基督宗教：明清詩經學專著內的西學觀念〉，《第五屆中國經學國際學術研討會論文集》頁399-437，臺北市：國立政治大學中國文學系，2009年5月。楊晉龍的《詩經》接受研究，偏好宗教性文本，獨樹一幟，頗為特殊，深具學術價值。筆者的碩士論文《先秦儒家詩教研究》(1985)，獲國科會研究獎勵費乙種補助，先由天工書局出版，經天工書局同意，後由花木蘭文化出版社出版。筆者的博士論文《西漢三家詩學研究》(1995)，獲國科會研究獎勵費甲種補助，由台北文津出版社出版，並列為「博士選粹」第一種；此書花木蘭文化出版社亦有意出版，但徵詢台北文津出版社，未獲負責人邱先生同意轉移版權，為遵守《著作權法》，只好婉拒花木蘭文化出版社的好意。

筆者的兩部學位論文，依寧宇的寬泛定義，也屬於《詩經的接受研究》。本書所收入的四篇論文，是筆者自覺地以《詩經》的「接受意識」撰寫的，以下說明各章原始出處。

第一章「《上博簡·孔子詩論》的倫理接受與情感接受」。原刊登《第六屆通俗文學與雅正文學——文學與經學研討會論文集》，頁 499-540，中興大學中國文學系，臺北市：新文豐出版公司，2006 年 9 月。

第二章「陶淵明作品對《詩經》的接受與發展——以田園、樂土為中心」。原刊登《魏晉南北朝文學與思想國際學術研討會論文集（第六輯）》，頁 311-338，成功大學中國文學系，臺北市：里仁書局，2010 年 7 月。

第三章「魏晉南北朝《詩經》接受論——以普通讀者為中心」。原刊登《興大中文學報》第 30 期，頁 49-76，2011 年 12 月。又收入中央研究院中國文哲研究所主編《魏晉南北朝經學國際研討會論文集（上冊）》，頁 259-291，2016 年 11 月。

第四章「另類的《詩經》接受：《群書治要》詩觀蠡測」。原刊登《第一屆群書治要國際學術研討會論文集》，頁 197-228，成功大學中國文學系，臺北市：萬卷樓圖書有限公司，2020 年 8 月。

第一章

《上博簡・孔子詩論》的倫理接受與情感接受

第一節　前言

《上海博物館藏戰國楚竹書》是 1994 年春天，香港中文大學張光裕教授在香港古物市場發現的，1994 年 5 月，第一批竹簡一千兩百餘支送抵上海博物館，當年秋冬之際，又發現了一批竹簡，文字內容和第一次發現的有關聯，共計 497 支。由於這些竹簡是劫餘截歸之物，出土的時、地已無法知道，當時傳聞約來自湖北。以後《郭店楚墓竹簡》出版，其中《緇衣》篇和《性自命出》篇在這批竹簡中竟有重篇。據《郭店楚墓竹簡》報告，郭店楚墓為 1993 年冬發掘，流散竹簡為 1994 年春初現，則兩者時間相隔不遠。從簡文內容看，其中一些史事記載，頗多與楚國有關。簡文字體，乃慣見的楚國文字。據《上海博物館竹簡樣品的測量證明》和中國科學院上海原子核所超靈敏小型迴旋加速器質譜計實驗室測年報告，標本的時代在戰國晚期。據種種情況推斷和與郭店楚簡相比較，上海博物館所藏的竹簡乃是楚國遷郢以前貴族墓中的隨葬物。[1]

《孔子詩論》是這批竹簡的一小部份，完、殘者共 29 支，統計全數約 1006 字。這 29 支簡很多殘斷，有的文義不連貫，因為沒有今本可資對照，簡序的排列就相當困難，局部簡據文義可以排列成序列，但是有的簡中間有缺失或斷損過多，

---

[1] 此段敘述摘自馬承源：〈前言：戰國楚竹書的發現保護和整理〉，馬承源主編：《上海博物館藏戰國楚竹書（一）》（上海：上海古籍出版社，2001 年 11 月第 1 版），頁 1-2。

很難判定必然的合理順序。而且沒有發現篇題，雖然所整理的簡文內容和書法相同，但原來也未必是單獨聯貫的一本，句讀符不統一，可能分為若干編，由於殘缺嚴重，只能分類整理，整理者姑名為《孔子詩論》。[2]

戰國時期，儒家的說經事業基本上都是在孔子（551-479B.C.）名義下展開的，像《易傳》、《春秋》三傳、《禮記》、《大戴禮記》、《孝經》大都借孔子之口來說話，這表明戰國時期的儒家後學都願意將著作權歸于孔子。所以，馬承源（1927-2004）將這部竹書取名為《孔子詩論》，與戰國時期的著述習俗是相符的。[3]《孔子詩論》第一簡的合文為「孔子」，已成定論，子夏說、子羔說、子上說，論據都嫌不足，陳桐生以為，《孔子詩論》的成書年代大致在子思（483-402B.C.）之後，孟子（372-289B.C.）之前，它的作者是專治《詩三百》的儒家經師，與講心性學說的子思派學者有著密切的學術聯繫。[4]一般來說，《孔子詩論》的成書及流傳，當在戰國早、中期，作為楚國貴族隨葬物則在戰國後期。它的《詩》論主·張有承襲自孔子者，有孔子之弟子者，甚至有孔子的再傳弟子者，總之，它是戰國儒家學派的論《詩》著作。

---

[2] 此段敘述摘自馬承源：〈孔子詩論·說明〉，同前註，頁 121。

[3] 陳桐生：《孔子詩論研究》（北京：中華書局，2004 年 12 月第 1 版），頁 96。

[4] 陳桐生同前註所揭書第一章《孔子詩論》的作者與時代，對各種說法有頗詳細的辨正，見頁 36-96。

第二節　接受主體意識的覺醒

鄧新華說：

> 總體上處于萌芽狀態的先秦文學理論批評，其內部的各個理論板塊之間並非處于絕對平衡狀態。譬如此期出現的頗為興盛的詩歌接受活動以及在此基礎上產生的接受詩學理論比起同時期的文學創作實踐及創作理論來，就發展得更為充分，並在許多方面顯示它的早熟和早慧。[5]

鄧新華又說：

> 西方的文學理論從古希臘開始，經歷了一個由作者中心論向作品中心論再向讀者中心論轉變的常態發展的過程，而中國先秦時期的文學理論則不同，它從一開始就把注意力放到讀者對于文學作品的接受及其效應上而不是文學作品的創作上，這就使中國先秦時期的接受詩學具有了明顯的「早熟」性特徵。因此在我看來，中國先秦時期接受詩學的這種「早熟」性不僅僅體現在它比同時代本國的文學創作理論要發展得更為充分，而且也體現在它對讀者文學接受活動及其效應的關注要比同時代西方的文學理論要早得多。[6]

---

[5] 鄧新華：《中國傳統文論的現代觀照》（成都：巴蜀書社，2004 年 5 月第 1 版），頁 144。

[6] 同前註，頁 172-173。

鄧新華從接受美學的視角探討中國先秦文學理論批評，而得出「接受者意識覺醒和接受詩學早熟的表現」[7]這樣的結論，並與中國內部各個理論板塊之間及西方文學理論做出比較。此說頗有見地，但他在論述此一命題時，只採用傳世文獻《左傳》、《國語》、《論語》、《孟子》等材料，對於戰國楚竹書《孔子詩論》則完全沒注意到，不免有「大醇而小疵」之憾。

孔子在論述詩的過程中，循序漸進，以排比式語句出現，這一謹守其章句不亂，言重辭複而理明的特點，爲我們捕捉段落、章次提供了可把握的方向，同時，也爲補缺找到了匹配的文字。[8]下列《孔子詩論》補文部份，基本上依據此一原則及衡量上下文文意後所得的結果。

《孔子詩論》曰：

> 孔子曰：「〈宛丘》，吾善之；〈猗嗟），吾喜之；〈鳲鳩〉，吾信之；〈文王〉，吾美之；〈清廟〉，吾敬之；〈烈文〉，吾悅（簡 21）之。〈昊天有成命〉，吾□之。」（簡 22）
>
> 〈宛丘〉曰：「洵有情，而亡望」，吾善之。〈猗嗟〉曰：「四矢反，以禦亂」，吾喜之。〈鳲鳩）曰：「其儀一兮，心如結也」，吾信之。〈文王）曰：「文王在上，於昭于天」，吾美之。（簡 22）

---

[7] 同前註，頁 152。

[8] 見濮茅左：〈《孔子詩論》簡序解析〉，朱淵清、廖名春主編：《上博館藏戰國楚竹書研究》（上海：上海書店出版社，2002 年 3 月第 1 版），頁 16。

〈清廟〉曰：「肅雍顯相，濟濟多士，秉文之德」，吾敬之。〈烈文〉曰：「亡競維人，丕顯維德。於乎！前王不忘」，吾悅之。〈昊天有成命〉，「二后受之」，貴且顯也，頌……。（簡 6）

孔子曰：「吾以〈葛覃〉得氏初之詩，民性固然。」（簡 16）

吾以木瓜得幣帛之不可去也，民性固然。（簡 20）

吾以〈杕杜）得爵□□□□□□□□民性固然。（簡 20）

吾以〈甘棠〉得宗廟之敬，民性固然。（簡 24）

吾以〈柏舟〉得……，民性固然。[9]〈兔罝〉其用人，則吾取（簡 23）

上列簡文，〈宛丘〉等七篇，在「吾 x 之」之後，引各該詩詩句二至四句，再說一次「吾 x 之」。「吾以〈葛覃〉得氏初之詩，民性固然。」等五句句型相似。「吾善之」、「吾喜之」、「吾信之」、「吾美之」、「吾敬之」、「吾悅之」「吾□之」各出現二次，計十四次。「吾以 x x 得 x x，民性固然」的型式則出現五次。二者合計十九次。再加上「則吾取」一次，共計二十次。這些「吾」代表接受主體意識的覺醒。這些接受包括情感接受，如「吾喜之」、「吾悅之」：倫理接受，如「吾善之」「吾信之」；宗教接受，如「吾敬之」「吾以〈甘棠〉得宗

[9] 此段引文主要參考季旭昇之說，見季旭昇主編，鄭玉姍等合撰：《上海博物館藏戰國楚竹書（一）讀本》（台北：萬卷樓圖書公司，2004 年 6 月初版）。「吾以〈柏舟〉得……民性固然。」為季旭昇根據簡 19「（溺）志，既曰天也，猶有怨言」而補的。

廟之敬」；審美接受，如「吾美之」。「民性固然」五見，則顯現《孔子詩論》以性情說詩的特色。《孔子詩論》不過 29 簡，1006 字，「吾」如此高頻率出現，筆者以此說明其代表的是一種接受主體意識的覺醒，當可成立。鄧新華前引之說，若再加上《孔子詩論》的材料證成之，將更能證成中國先秦時期接受美學的早熟。

房瑞麗說：

> 「吾」字的介入無論是評論者有意爲之還是無意融入，都是其主觀意志的顯現，《竹書·詩論》可以說是批評者個人聲音在中國文學批評史上的首次回響，是詩評者不再僅僅從內容、形式等純客觀的角度批評，而匯入自己的形象，闡明自己的態度後洋溢情感的批評。無論這個批評者是屬於子夏弟子個人還是此派群體，它都是一個標識，是客觀論述與主觀感情的完美結合。[10]

中國的詩樂舞批評頗有可觀者，應以季札觀周樂最早，其文載於《左傳·襄公 29 年》（西元前 544 年），但季札僅在結尾「若有他樂，吾不敢請已。」出現一「吾」字，接受主體意識還不很強。西方接受美學中的「讀者意識」盛行於上個世紀的 60、70 年代[11]，與《孔子詩論》接受主體意識的覺

10　房瑞麗：「《上海博物館藏戰國楚竹書·詩論》與《詩經》研究」（開封市：河南大學碩士論文，2004 年 5 月 1 日），頁 29。

11　有關接受美學的論著及文章，汗牛充棟不足以言其多，不擬列舉。可以參考鄒廣勝：〈讀者的主體性與文本的主體性〉，《外國文學研究》，2001 年第 4 期，頁 1-7；何文禎：〈我國先秦文論中的讀者接受意識〉，《零陵師範高等專科學校學報》21：1（2000 年 1 月），頁 44-49。

醒相比，不能以道里計。房瑞麗的說法適足以充實筆者的論點。接受主體意識的覺醒，是《孔子詩論》的特色之一。至少，《孔子詩論》已有「讀者意識」的萌芽。

第三節 《上博簡・孔子詩論》的倫理接受

蔡元培（1868-1940）的《中國倫理學史》是中國第一部倫理學史著作，也是他在學術方面的代表作。蔡元培以為從先秦肇始，中國思想家關注倫理領域，注重人的道德存在，而「以儒家為倫理學之大宗」，是中國倫理學的主流。儒家以為在精神思考領域，一切皆是倫理學的範圍。[12]蔡元培條舉孔子倫理思想的概念有性、仁、孝、忠恕、學問、涵養、君子、政治與道德。[13]李書有則從八個方面論述孔子的倫理思想：重人、重現實人生的人道觀；仁與禮－人道的兩個主要德目；人道的其他諸德；人道的中庸原則；「為政以德」的德政論；重「德行」的道德教育論；「修己以安人」的道德修養論；「仁以為己任」的人生態度論。[14]王世明以為，孔子倫理思想有八個基本範疇：仁、孝、學、言、省、和、思、道。王世明未專題討論孔子「禮」之範疇，其理由是《論語》文本中，「禮」的地位根本上從屬於「仁」，且在各章的論述中，對「禮」之

---

[12] 此為陳衛平語，見蔡元培：《插圖本中國倫理學史》（上海：上海古籍出版社，2005 年 7 月第 1 版），〈前言〉，頁 2-3。

[13] 元培：《插圖本中國倫理學史》頁 12-15。

[14] 李書有主編，李書有等合撰：《中國儒家倫理思想發展史》（南京：江蘇古籍出版社，1992 年 1 月第 1 版），頁 42-64。

內化美德意義也有諸多論述。[15]孔子的倫理思想包涵個人倫理、家庭倫理、社區倫理、社會倫理、國家倫理，乃至於國際社會倫理。孔子屢屢談到「天」的範疇，也有濃厚的宗教倫理的意味。《論語·八佾》記載，子夏學詩而悟禮後之旨；〈學而〉記載，子貢學詩，而知「貧而樂道，富而好禮」之理；孔子亦曾言，學詩可以「邇而事父，遠之事君。」《孔子詩論》在倫理接受上，在這一方面也多所闡論。

（一）以禮論詩

《孔子詩論》云：

> 〈鹿鳴〉以樂，始而會以道，交見善而效，終乎不厭人。[16]（簡 23）

此段文字，馬承源讀作：「〈鹿鳴〉以樂詞而會，以道交見善而傚，終乎不厭人。」[17]李學勤作：「〈鹿鳴〉以樂司而會以道，交見善而學，終乎不厭人。」[18]周鳳五作：「〈鹿鳴〉，以樂始而會，以道交見善而效，終乎不厭人。」[19]馬承源的釋

---

[15] 王世明：《孔子倫理思想發微》（濟南：齊魯書社，2004 年 9 月第 1 版），頁 16-32。

[16] 此段文字，各家釋文、斷句不同，此處從廖名春說。見廖名春：《出土簡帛叢考》，（武漢市：湖北教育出版社，2004 年 2 月第 1 版），頁 54。

[17] 馬承源主編：《上海博物館藏戰國楚竹書（一）》，頁 152。

[18] 李學勤：〈《詩論》的體裁和作者〉附錄〈《詩論》分章釋文〉，朱淵清、廖名春主編：《上博館藏戰國楚竹書研究》，頁 59。

[19] 周鳳五：〈《孔子詩論》新釋文及注解〉，朱淵清、廖名春主編：《上博館藏戰國楚竹書研究》，頁 155、163。

文甚簡，李學勤無說，廖名春在周鳳五的釋文基礎上，考釋詳盡。他說：

> 《玉篇·人部》：「以，為也。」「以樂」，作為燕樂。詩稱：「我有旨酒，以燕樂嘉賓之心。」《小序》：「〈鹿鳴〉，燕群臣嘉賓也。」《儀禮·鄉飲酒禮》：「……。工歌〈鹿鳴〉、〈四牡)、〈皇皇者華〉。」《燕禮》也載：「工歌〈鹿鳴〉、〈四牡〉、〈皇皇者華〉。」鄭玄注：「〈鹿鳴〉，君與臣下及四方之賓燕，講道修政之樂歌也。」可見〈鹿鳴〉不但內容是寫「燕群臣嘉賓」，而且後世也是將其作為燕禮之樂。
>
> 「始而會以道」和「終乎不厭人」相對成文。所謂「始」，指〈鹿鳴〉之首章；「終」指〈鹿鳴〉之末章。〈鹿鳴〉首章稱：「人之好我，示我周行。」毛《傳》：「周，至；行，道。」《玉篇·示部》：「示，示者，語也，以事告人曰示也。」《戰國策·秦策二》：「醫扁鵲見秦武王，武王示之以病。」高誘注：「示，語也。」《爾雅·釋詁上》：「會，對也。」燕賓而賓「好我」，以至道「示我」，而主人自然會有所應答，所以是「會以道」，賓主相對以道。「交見善而效」承「會以道」來，是對「會以道」的深化。「交」交相。有「會」對故有「交」。〈鹿鳴〉次章稱：「我有嘉賓，德音孔昭，視民不恌，君子是則是效。」「善」指「德音孔昭，視民不恌。」「見善而效」就是「是則是效」。「君子」應指一般的願有德者，指大家，而非指主人一人，故簡文稱「交」。詩文的表層義是說主人（即我）要效法嘉賓之善德，

> 深層義則是說凡屬「君子」都應該見賢思齊，唯德是從。……「厭」，滿足。「不厭人」，即「人不厭」。〈鹿鳴〉之末章稱：「和樂且湛……以燕樂嘉賓之心。」毛《傳》：「湛、樂之久也。」樂久而人仍不滿足，要讓「嘉賓得盡其心」，這表面上是說飲宴，實質上是說求道。由此可知，簡文對作為燕樂的〈鹿鳴〉的評價，重點在發掘其蘊含的追求道義的精神。[20]

廖名春的考釋切合〈鹿鳴〉文本，又引《儀禮·鄉飲酒禮》、《燕禮》以證，十分精當。〈鹿鳴〉內容本來就是「燕群臣嘉賓」，後世也將其作為燕禮之樂，《孔子詩論》簡 23 的聞論則是指出其追求道義的精神。

《孔叢子·記義》載：「孔子讀《詩》及《小雅》，喟然而嘆日：『……于〈鹿鳴〉，見君臣之有禮也。』」《左傳·昭公七年》載：『仲尼曰：能補過者，君子也。《詩》曰：『君子是則是效』，孟僖子可則效已矣。」《孔叢子》此處與《孔子詩論》簡文「始而會以道，交見善而效，終乎不厭人」說實同，均以禮論詩，亦足證《孔叢子》為孔門家學。《左傳》「仲尼日」以〈鹿鳴〉詩「是則是效」證孟僖子善補過，也可視為對簡文〈鹿鳴〉詩說乃受孔子影響的一種支持。

《孔子詩論》云：

> 〈大田〉之卒章，知言而有禮。（簡 25）

[20] 廖名春：〈上博《詩論》簡「以禮說《詩》」初探〉，《出土簡帛叢考》，頁 54-56。

〈大田〉之卒章為:「曾孫來止,以其婦子,饁彼南畝,田畯至喜。來方禋祀,以其騂黑,與其黍稷。以享以祀,以介景福。」毛《傳》:「騂,牛也。黑,羊、豕也。」鄭《箋》:「喜讀為饎。饎,酒食也。成王出觀農事,饋食耕者,以勸之也。司嗇至,則又加之以酒食,勞倦之爾。」「成王之來,則又禋祀四方之神祈報焉。陽祀用騂牲,陰祀用黝牲。」孔穎達《正義》:「此出觀之祭,則祭當在秋,祈報並言者,言其報以成而祈後年也。……祀天乃稱禋。……而言禋者,此五官之神有配天之時,配天則禋祀。此祭雖不配天,以其嘗為禋祀,故亦以禋言之。五祀在血祭之中,則用太牢矣。」[21]姚小鷗則認為:曾孫,是主祀貴族的專稱。《禮記·曲禮下》:「臨祭祀、內事,曰孝子某侯某;外事,曰曾孫某侯某。」饁就是饋神,或曰饗神、祭神。「饁彼南畝」,即在「南畝」舉行祭祀。這種祭神禮叫作「饁禮」,天子舉行的饁禮又叫「藉禮」。而「田畯」當為農神。[22]廖名春則以為:詩是說曾孫一是舉行饁禮,祭祀農神田畯;二是舉行禋祀,祭祀四方諸神。其「以其婦子」,攜妻帶子,態度極為認真;祭品又「以其騂黑,與其黍稷」,牛、豬、羊三牲和黍稷齊備,極其豐盛,故簡文稱「有禮」。[23]上述諸說略有差異,毛、鄭以「曾孫」為「成王」,姚小鷗以「曾孫」為「主祭貴族的專稱」,然若此一主祭貴族為成王,則二說皆可通。廖名春則釋簡文稱〈大田〉之卒章為「有禮」之因由。眾說合觀,其義可明。

---

[21]《十三經注疏》,(臺北:藝文印書館,1979年3月7版),頁474。

[22] 姚小鷗:《詩經三頌與先秦禮樂文化》(北京:北京廣播學院出版社,2000年),頁226-230。

[23] 廖名春:〈上博《詩論》簡「以禮說《詩》」初探〉,《出土簡帛叢考》,頁51。

簡文又言〈大田〉之卒章「知言」，其義為何？廖名春說：

> 《論語》、《孟子》之「知言」是善於分析別人的言語，辨其是非善惡。簡文之「知言」則指以祭報德，善辨「是非善惡」。此是說農神和四方諸神賜福於人，使人能獲豐收，「曾孫」豐收時則不忘農神和四方諸神之恩，舉行饁禮和禋祀，「報以成而祈後年」。這種「知言」，實從「善於分析別人的言語，辨其是非善惡之「知言」引申而出，從偏指到遍指，賦予了善辨言之「是非善惡」以善辨「是非善惡」之一般意義。正因為善辨「是非善惡」，所以豐收不忘以饁禮和禋祀報諸神之恩，故簡文又稱之為「有禮」。[24]

廖說可從。《論語·堯曰》：「子日：『不知命，無以為君子也。不知禮，無以立也。不知言，無以知人也。』」「知言」與「知禮」並稱，與簡文「知言而有禮」結構相同，只不過一反一正而已。[25]於此可見《孔子詩論》簡25乃承襲《論語》此處之概念而來。毛《序》：「〈大田〉，刺幽王也。言矜寡不能自存焉。」此說大乖全詩詩旨。其以第三章「彼有不獲穉，此有不斂穧；彼有遺秉，此有滯穗：伊寡婦之利」數句生說，與周王祭祀田祖而祈年之旨，不切合矣。

《孔子詩論》云：

> 離其所愛，必日吾奚舍之，賓贈是也。（簡27）

---

[24] 同前註，頁52-53。
[25] 同前註，頁51-53。

李零說：「賓贈」，是喪禮用語，《儀禮・既夕禮》：「凡贈幣，無常。」注：「賓之贈也。玩好曰贈，在所有。」這段話的意思是說，人一旦失去他所愛的人，一定會說我怎麼捨得下他（或她）呢，所以要在喪禮上送玩好之物給他。這是表達對所受之人的懷念，內容與上「〈甘棠〉之愛」有關。[26]廖名春認為，「賓贈」即贈賓，為聘禮之一。此簡文是孔子用聘禮之終的贈賓來解說《秦風・渭陽》之詩。[27]《詩經》中有悼亡詩，李零以喪禮用語解釋簡文，不無可能。廖名春倒「賓贈」為「贈賓」，不一定能成立。總之，此簡文未明確說明評論何詩，留下了詮釋難題，而喪禮或聘禮之說則都是以禮論詩。

《孔子詩論》云：

> 幣帛之不可去也，民性固然，其離志必有以逾也。其言有所載而后納，或前之而后交，人不可⿰角干也。（簡 20）

馬承源釋文為：

> 《說文》云：「幣，帛也。」經籍或解釋為錢、貨、圭璧。帛為繒、縑素之類。《周禮・天官・大宰》：「幣帛之式」，鄭玄注：「幣帛所以贈勞賓客者」，則是禮品的泛稱。此處是由〈木瓜〉詩中「瓊琚」和「瓊玖」等所報贈玉器引伸出來的禮品的稱謂。「其⿰阝叕志有以俞」即「其離志必有以逾」。……。大意為若廢去禮贈的習

---

[26] 此處轉引自同前註，頁 49。
[27] 詳細論證見同前註，頁 49-50。

> 俗，這個使人們離志的事情太過份了。「⿰角干」，《說文》所無，待考。[28]

此簡上、下端皆殘，所殘之詩篇名為何？馬承源的釋文以為是《衛風·木瓜》，廖名春從之。[29]周鳳五以為是《唐風·有杕之杜》。[30]晁福林則以為是〈鹿鳴〉，他說：

> 將〈鹿鳴〉一詩名稱擬補於《詩論》第20號簡的理由有以下幾點。第一，〈鹿鳴〉篇符合簡文所謂「得幣帛之不可去」之意。……。第二，(鹿鳴〉一詩體現了餽贈幣帛的社會禮俗。……第三，簡文所云「幣帛」之事，與〈鹿鳴〉篇是吻合的。……總之，幣帛之用是鄭重嚴肅的，非民間的普通的投桃報李之舉。既然《詩論》簡文提到了「幣帛之不可去」，可知此詩應當與貴族禮儀有關，而〈鹿鳴〉則恰與之相合。[31]

晁福林的《詩論》簡20擬補〈鹿鳴》篇名說，與諸家不同，其論文對諸家說有破有駁，對自己的論點則詳加論證，頗能成一家言。然此簡篇名處正殘，諸家之說均推論而得，難以仲裁孰是孰非。簡23已論及〈鹿鳴》，是否有可能再用這麼多的文字再評論一次？亦令人存疑。不過，〈木瓜》說及〈鹿鳴〉說均以禮論詩則相同。

---

[28] 馬承源主編：《上海博物館藏戰國楚竹書（一)》，頁149。

[29] 廖名春：〈上博《詩論〉簡「以禮說《詩》」初探〉,《出土簡帛叢考》，頁47-48。

[30] 周鳳五：〈《孔子詩論》新釋文及注解〉，朱淵清、廖名春主編：《上博館藏戰國楚竹書研究》，頁162。

[31] 晁福林：(從上博簡《詩論》第20號簡看孔子的「民性」觀〉,《河北學刊》25：4（2005年7月），頁111。

《孔子詩論》尚有德、義合論及「以色喻於禮」之論，此不專論禮而已，將於下文論述。

（二）以德論詩

《孔子詩論》云：

> 〈清廟〉，王德也，至矣。敬宗廟之禮，以為其本；秉文之德，以為其蘗。「肅雍顯相」（簡 5）
>
> 「濟濟多士，秉文之德。」吾敬之。（簡 6）

周鳳五釋文：「以為其蘗」，字從二業，原書缺釋。按，當讀為「蘗」。《尚書‧盤庚上》：「若顛木之有由蘗。」《釋文》引馬融說：「顛木而肄生曰蘗。」然則「蘗」即萌芽之意，與上文「以為其本」之「本」正相呼應。[32]驗諸〈清廟〉本文：「於穆清廟，肅雍顯相。濟濟多士，秉文之德。對越在天，駿奔走在廟。不顯不承，無射於人斯。」「秉文之德」是主旨所在，清楊名時、夏宗瀾《詩義記講》卷 4：「秉文之德，總頂上二句說來，言此肅雍之助祭者，與濟濟之執事者，皆能秉文王之德。」助祭諸侯濟濟多士丕顯丕承「秉文之德」，則文王之德「無射於人斯」。《毛詩正義》：「文王之德，為人所樂，無見厭倦於人」，文王之德無見厭倦於人而得傳承無終。孔子曰：「秉文之德，以為其蘗」，蘗是萌芽起始之意，也正和文王之德的無厭無終相應。[33]朱淵清說：

---

[32] 周鳳五：〈《孔子詩論》新釋文及注解〉，朱淵清、廖名春主編：《上博館藏戰國楚竹書研究》，頁 158。

[33] 朱淵清：〈《孔子詩論》與《清廟》——《清廟》考之一〉，謝維揚、朱淵清主編：《新出土文獻與古代文明研究》（上海：上海大學出版社，2004 年第 1 版），頁 74。

> 孔子評價〈清廟〉的「王德」實際上並不是文王之德。孔子稱讚的這個「王德」，包括「敬宗廟之禮，以為其本」，「秉文之德，以為其蘖」這樣相互聯繫的兩層，「秉文之德」僅是「王德」內在具體的起始，而制度性的宗廟之禮才是「王德」的根本。[34]

朱淵清之說可從。在其論證脈絡下，周公制禮作樂在歷史上就被視作周之王德。簡 5、簡 6 乃結合「德」、「禮」而論。「王德」包括「敬宗廟之禮」及「秉文之德」，孔子因此有「至矣」之贊。

《詩》德與《詩》樂的關係，也是《孔子詩論》值得探究之處，其相關簡文如下：

> 孔子曰：「詩亡隱志，樂亡隱情，文亡隱言。」（簡 1）

> 頌，平德也，多言後；其樂安而遲，其歌申而尋，其思深而遠。至矣！大雅，盛德也，多言（簡 2）

> 也，多言難而怨悱者也；衰矣，小矣！邦風，其納物也溥，觀人俗焉，大斂材焉；其言文，其聲善。孔子曰：「唯能夫。」（簡 3）

簡 3 上下端皆殘，簡首至少可補「小雅」二字。上引 3 簡個別字句及斷句頗有歧見，然其論述重點之一為《詩》德與《詩》樂，則甚明顯。馮時以《禮記·樂記》為主要論據，得到這樣的結論，他說：

---

[34] 同前注。頁 75。

> 《邦風》為民歌，是「納物」即言庶民求物取利。……。《詩論》之「大斂財」意謂竭力聚斂財物，與《周禮》「斂材」意有不同。「其言文，其聲善。」「言」指《邦風》之文，「聲」乃《邦風》之樂。「文」文采也。……。《邦風》之樂稱「聲」而不稱「樂」，是以其無德而不成樂也。……。《詩》樂是《詩》德的體現，而《詩》德又是孔子刪《詩》的標準，故《頌》之德至極，其樂舒展安逸，恰是平正之德的表現。《大雅》盛德，其樂體直而有抑揚頓挫高下之妙。《小雅》德衰而小，其樂當亦衰矣。《邦風》則無德，僅文辭優美，樂曲悅耳而已。……。《詩論》以德音為樂，所言即為《頌》樂。《邦風》無德而不稱「樂」，但稱「聲」，是明「聲」、「樂」有高下之分別。《禮記・樂記》：「凡音者，生於人心者也。樂者，通倫理者也。是故知聲而不知音者，禽獸是也。知音而不知樂者，眾庶是也。唯君子為能知樂。是故審聲以知音，審音以知樂，審樂以知政，而治道備矣。是故不知聲者不可與言音，不知音者不可與言樂，知樂則幾於禮矣。禮樂皆得，謂之有德。」[35]

《孔子詩論》言《邦風》的確說它「其言文，其聲善。」亦不言其「德」言《頌》則言「平德」，又言「其樂安而遲，其歌申而尋，其思深而遠。」言《大雅》則言「盛德」，言《小雅》則言「衰矣」、「小矣」，似有一層次高下之別，如《禮記・樂記》所言聲、音、樂之別也。然以「知聲而不知音者，禽

---

[35] 馮時：〈論《詩》德與《詩》樂——讀《子羔・孔子詩論》章箚記之三〉，朱淵清、廖名春主：《上博館藏戰國楚竹書研究續編》（上海：上海書店出版社，2004 年 7 月 1 版），頁 563-573。

獸是也。」說《邦風》，未免過當，《邦風》為禽獸之聲，又「求物取利」、「竭力聚斂財物」、「無德」，孔子刪《詩》何以不刪？而「納物」其意為包容各種事物，「大斂材」為收集物資，簡文指《邦風》佳作，實為采風，何來「竭力聚斂財物」之意？吾人觀《國風》160 首，聚斂財物之詩如《魏風·葛屨》、〈碩鼠〉、(伐檀〉者寥寥無幾，「求物取利」實不足以概括《國風》詩旨。簡文殘缺，言「聲」言「樂」者但《邦風》、《頌》而已，馮時的論點雖頗新奇，然不免有「過度詮釋」之嫌。

《左傳·襄公 29 年》載，吳公子季札來聘，請觀於周樂。為之歌《小雅》，曰：「美哉！思而不貳，怨而不言，其周德之衰乎？猶有先王之遺民焉！」為之歌《大雅》，曰：「廣哉！熙熙乎！曲而有直體，其文王之德乎？」為之歌《頌》，曰：「至矣哉！……。五聲和，八風平，節有度，守有序。盛德之所同也！」言《小雅》為德之衰，言《大雅〉廣哉！熙熙乎！言《頌》八風平，盛德之所同。《孔子詩論》此處的評斷，術語、語彙與季札所評多同，可以推斷應受到季札的影響。

《孔子詩論》云：

> 〈天保〉，其得祿蔑疆矣，巽(饌)寡，德古(故)也。(簡 9)

馬承源釋文：《說文》：「祿，福也。」詩句云：「神之弔矣，詒爾多福。」又：「君日卜爾，萬壽無疆。」此為「得祿蔑疆」之意。詩句云：「吉蠲為饎，是用孝享。」毛亨《傳》云：「吉，善。蠲，絜也。饎，酒食也。」孔穎達疏伸毛傳之意云：「王既為天安定，民事已成，乃善絜為酒食之饌。」《爾雅·釋訓》

云：「饎，酒食也。」泛言之包括酒與食。饌，《說文》：「具食也。」《玉篇》云：「飲食也。」「饌寡」是說孝享的酒食不多，但守德如舊。[36]周鳳五釋文：「贊」，簡文作「巽」，原釋「饌」，以「饌寡」連讀，「是說孝享的酒食不多，但守德如舊。」按，此說不合語法，且有乖詩義。當讀為「贊寡德」。「贊」，助也，謂臣下能助成寡君之德也，故君臣上下「得祿無疆」。小序所謂「君能下下以成其政，臣能歸美以報其上」是也。[37]廖名春釋文：「巽」疑讀「選」是。而「選」有善義。《漢書·王莽傳上》：「君以選故，辭以疾。」顏師古注：「選，善也。國家欲褒其善，加號疇邑，乃以疾辭。」《廣韻·仙韻》：「譔，善言。」義亦近。「寡德」即君德。此是說〈天保〉「得祿蔑疆」，是以君德為善的緣故。《小序》：「〈天保〉，下報上也。君能下下，以成其政，臣能歸美矣，報其上焉。」「歸美」即「善」，即「選」。[38]姜廣輝釋文：「巽」通「遜」，「寡德」為謙辭，此句是說，人君之所以得祿無疆，由其能遜以寡德的緣故。[39]董蓮池釋文：「巽」本字本讀，即伏、順義。所謂「巽寡德」的含義指的是伏順於在上的統治者。[40]黃懷信考論《天保》全詩後，得出如下結論，他說：

---

[36] 馬承源主編：《上海博物館藏戰國楚竹書（一）》，頁 138。

[37] 周鳳五：〈《孔子詩論》新釋文及注解〉，朱淵清、廖名春主編：《上博館藏戰國楚竹書研究》，頁 159。

[38] 廖名春：〈上海博物館藏《詩論》簡校釋札記〉，《出土簡帛叢考》，頁 61。

[39] 姜廣輝：〈關於古詩序》的編連、釋讀與定位諸問題研究〉，《中國哲學》（第二十四輯）（瀋陽：遼寧教育出版社，2002 年 4 月第 1 版），頁 156。

[40] 董蓮池：〈上博館藏《戰國楚竹書（一）·孔子詩論》釋詁（二）〉，《古籍整理研究學刊》第 2 期，2003 年 3 月，頁 11。

> 全詩每章都體現「得祿（福）蔑（無）疆」之意，但無「孝享的酒食不多，但守德如舊」之意，也無「臣下能助成寡君之德」和「君德為善」之意，更無「遜」意。所以「巽」字讀「饌」、讀「贊」、讀「選」皆當非。細審詩義，得祿靡疆，根源在於「天保已定」。而定「天保」，無疑是天子的功德。詩中明言「神之弔矣，詒爾多福」，是說多福的原因是神靈對天子友善，說明神靈贊許天子的功德。又云「群黎百姓，徧維爾德」，是說黎民百姓皆蒙天子之德而得福。可見都與天子之德有關，所以說「巽寡德故也。」寡德，無疑指天子之德，即君德。《後漢書·仲長統傳》：「寡者，為人上者也。」各說「君」者是。然則「巽」字當如字讀而訓為「順」。《尚書·堯典》「巽朕位」《孔傳》、《廣雅·釋詁一》並云：「巽，順也。」《漢書·王莽傳下》集注：「巽為順」。所以「巽寡德故也」，就是順應天子之德，即天子定「天保」之舉的緣故。董訓「伏順」近之，但不確切，因為詩無「伏」意。《詩序》所謂「下報上也。君能下下以成其政，臣能歸美以報其上焉」，無疑是未得詩旨。[41]

馬承源「饌寡」連讀，學者都不認同，〈天保〉詩亦無「孝享的酒食不多，但守德如舊」之意，馬說顯然得不到詩文本的支持。其他諸說，均以「寡德」為寡君之德（君德），所不同者，「巽」字所訓有異。其中關鍵在詩文本「天保定爾，亦孔

[41] 黃懷信：《上海博物館藏戰國楚竹書《詩論》解義》（北京：社會科學文獻出版社，2004 年 8 月第 1 版），頁 180-184。

之固」一句的訓解。鄭《箋》:「保，安也。爾，女也。女，王也。天之安定女亦甚堅固。」孔《疏》:「言天之安定汝王位亦甚堅固。」[42]朱熹《詩集傳》:「保，安也。爾，指君也。……。言天之安定我君，使之獲福如此也。」[43]如依鄭、孔、朱之解，「巽」訓「贊」、「善」均無不可，此以《天保》為臣下歸美君王之祝頌辭，毛序之意即如此。然黃懷信獨立別解，他說：天保，指東都洛邑。《逸周書·度邑》載武王曰:「辰是不(天)室，我來(未)所(衍文)定天保，何寢能欲？」又曰:「(姬)旦：予克致天之明命，定天保，依天室。」而認為〈天保〉是一首因「天保」已定而唱給周天子的贊歌。把「天保定爾，亦孔之固」翻成「天保已定，非常穩固。」以「爾」字為助詞，然黃懷信「俾爾單厚，何福不除？俾爾多益，以莫不庶」，二「爾」字又解為「你」。[44]衡諸文意，第一章三「爾」字均應訓為「女(你)」，不應分訓二義。黃懷信「天保」為東都洛邑說若能成立，實一大創見，然有所扞格。而黃懷信以此詩為祝頌周天子的贊歌，此則與諸家相同。諸家訓「天保定爾」一句，「天」具人格神的意味，「敬天保民」，「群黎百姓，偏維爾德」才能得天佑，得祿無疆，簡文有宗教倫理的意味。

《孔子詩論》云：

> 「懷爾明德」曷？誠謂之也。「有命自天，命此文王。」誠命之也。信矣！孔子曰:「此命也夫！文王唯裕己，得乎此天命也。」(簡 7)

---

[42] 《十三經注疏》，頁 330。

[43] 朱熹:《詩集傳》(臺北:臺灣中華書局，1991 年 3 月 12 版)，頁 104。

[44] 黃懷信:《上海博物館藏戰國楚竹書《詩論》解義》，頁 182-183。

此簡先引《大雅·皇矣》:「帝謂文王,懷爾明德。」又引《大雅·大明》:「有命自天,命此文王」,皆言文王受天命。文王因修德、敬天保民,故能得天命,《大雅》篇章每每言及。

《孔子詩論》云:

> 后稷之見貴也,則以文武之德也。(簡 24)

馬承源釋文:《詩》諸篇中頌揚后稷的有《生民》、《雲漢》、《思文〉及《魯頌·閟宮》,……。《生民》為頌后稷的長篇,共八章。四章章十句,四章章八句,辭文茂盛。鄭玄箋:「后稷肇祀上帝於郊,而天下眾民咸得其所,無有罪過也。子孫蒙其福,以至於今,故推以配天焉。」《生民》是后稷配天的頌歌,之所以「見貴」,實因文武之有「德」。以此,所論當為《生民》。[45]馬氏之說可從。此儒家「祖先子孫,榮則共榮,辱則同辱」之義也。

《孔子詩論》云:

> 〈蓼莪〉,有孝志。(簡 26)

〈蓼莪〉為《小雅》名篇,其詩旨為「民人勞苦,孝子不得終養爾。」(〈毛序〉)其詩有「哀哀父母,生我劬勞。」「哀哀父母,生我勞瘁。」「缾之罄矣,維罍之恥。鮮民之生,不如死之久矣!無父何怙?無母何恃?出則銜恤,人則靡至。」「欲報之德,昊天罔極!」之句,《孔子詩論》言其「有孝志」,與諸家同。

45　馬承源主編:《上海博物館藏戰國楚竹書(一)》,頁 153-154。

《孔子詩論》云：

> 孔子曰：「〈蟋蟀〉，知難。〈仲氏》，君子。」(簡 27)

〈蟋蟀〉為《唐風》首篇，乃歲暮述懷之詩。詩中主人公一面感嘆「今我不樂，日月其除。」「今我不樂，日月其邁。」「今我不樂，日月其慆。」一面又警惕「無已大康」、「好樂無荒」，此言人生之艱難，享樂應有節制。〈仲氏〉，今本《詩經》未見。《詩》言「仲氏」的有《小雅·何人斯》及《邶風·燕燕》。李學勤、黃懷信以為此乃指〈燕燕〉末章，因其有「仲氏任只，其心塞淵。終溫且惠，淑慎其身。」之句。[46]可備一說。簡文言〈仲氏〉有君子之德。

郝大維、安樂哲說：

> 這些解釋者表面上是在闡述《詩經》，實際上是在表達自己的思想。因此，《詩經》的成功在很大程度上依賴於它的讀者的性質及不同的經驗。[47]

荆雨說：

> 孔子對於《詩經》的德行詮釋，即依賴於其「與命與仁」的所謂解釋學的「前見」。孔子的世界乃是一個道德的世界，夫子目之所及皆充滿著深厚的德性意蘊並能引發對人生價值之思考。[48]

---

[46] 黃懷信：《上海博物館藏戰國楚竹書《詩論》》解義，頁 72-79。

[47] 郝大維、安樂哲：《孔子哲學思微》(南京：江蘇人民出版社，1996 年)，頁 45。

[48] 荊雨：〈由《論語》和《詩論》談孔子以德論詩〉，丁四新主編：《楚地出土簡帛文獻思想研究(一)》(武漢：湖北教育出版社，2002 年 12 月第 1 版)，頁 276。

李學勤說：

> 我認為，貫穿於這一章的主旨是德性。依《詩論》所解，〈宛丘〉講君子誠而無妄，〈猗嗟〉說君子御亂之能，〈鳲鳩〉詠君子義一心固，都涉及德性。〈文王〉、〈清廟〉、〈烈文〉講聖王文武之德，〈昊天有成命〉頌文武受命，說的仍然是德性。看來七篇不是隨意湊合的，其間實有論說德行的深意。[49]

郝大維、安樂哲的說法已有很強烈的「讀者接受意識」，這在《孔子詩論》中是很明顯的，本文已在第二節論及。荆雨之說亦甚當，然現存《孔子詩論》中並無「仁」字，雖甚可怪，然諸德皆被統攝在「仁」之內，未談「仁」實已有「仁」在其中。李學勤所說的德性則包含誠、能、義、文武之德及天命。

第四節 《上博簡・孔子詩論》的情感接受

詩歌是經過心靈純化和韻律化的情感的語言表達。詩歌因情而生，當原始人感到某種情感在心中激盪而無法抑制的時候，便縱情地呼號或嗟嘆，這就是原始的詩歌。它雖然缺乏明確的意義表達，卻常常飽含著強烈的情感色彩。詩歌的本質在於抒情，中國古代詩歌、詩論正是看中了這一點，傳統的詩歌、詩論都是重視抒情表現的。中國古代詩歌是把情看成了詩的第一要素，把情看作了詩的生命，「詩之所至，情

[49] 黃懷信：〈《詩論》說〈宛丘〉等七篇釋義〉，謝維揚、朱淵清主編：《新出土文獻與古代文明研究》，頁 3。

無不至；情之所至，詩以之至」（王夫之《古詩評選》）。[50]聞一多說：

> 《三百篇》的時代，確乎是一個偉大的時代，我們的文化大體上是從這一剛開端的時期就定型了。文化定型了，文學也定型了，從此以後二千年間，詩—抒情詩，始終是我國文學的正統的類型，甚至除散文外，它是唯一的類型。[51]

中國詩歌有一源遠流長的抒情傳統，是人所共知的。《詩經》中頌及二雅的一部分，是祭祀性的宗廟樂歌、典禮性的饗燕樂歌、敘事性的開國史詩，但國風及二雅的大部分，仍飽含著詩歌的抒情本質，聞一多的說法是可以成立的。

陳世驤說：

> 抒情傳統始於詩經。詩經是一種唱文（詩者，字的音樂也）。因為是唱文，詩經的要髓整個說來便是音樂。因為它瀰漫著個人弦音，含有人類日常的掛慮和切身的某種哀求，它和抒情詩的要義各方面都很吻合。……。以字的音樂做組織和內心自白做意旨是抒情詩的兩大要素。中國抒情道統的發源，楚辭和詩經把那兩大要素結合起來。[52]

---

[50] 戴岳：〈中國古代詩論中的情感表達與情感接受〉，《重慶交通學院學報（社科版）》3：4（2003 年 12 月），頁 48。

[51] 聞一多：〈文學的歷史動向〉，朱自清等編：《聞一多全集（一）》（臺北：里仁書局，1993 年），頁 202。

[52] 陳世驤：〈中國的抒情傳統〉，《陳世驤文存》（臺北：志文出版社，1972 年 7 月初版），頁 32-33。

陳世驤又說：

> 我們讀詩經（尤其國風部分）時，常常會感覺到詩裡「個人」情緒的飛揚，雖然歌者不報姓名，不指定自己的存在，他的作品依然是個人情感的流露，此即所謂「抒情詩」之真義矣。[53]

陳世驤以為，抒情傳統始於《詩經》。以字的音樂做組織和內心自白做意旨是抒情詩的兩大要素。《詩經》作品充滿個人情感的流露。充滿個人情感的「第一文本」《詩經》，讀者及評論者的接受如果沒有情感的一面，是不可思議的事。

孔子在《論語》中提出著名的「興、觀、群、怨」說，這些詩論主張，其實就是一種情感接受的主張。

「興」，指的是情感的興起，也就是說詩歌能激發人的情感。朱熹解釋「興」字為「感發志氣」[54]，就是說學習詩歌能夠從內心世界打動人心，激發人的志向意趣。志向意趣是與情感緊密聯繫在一起的，如果沒有人的情感，又怎麼會有對志向意趣的追求呢？這樣，我們從事理邏輯上可以推論，學習詩歌首先是能夠使人從心裡升騰起種種情感，然後，情感又感發人們對志向意趣的追求。焦循在《毛詩補疏序》裡說，詩是「不言理而言情，不務勝人而務感人。」可看作是對「興」的恰當注解。[55]

---

53 陳世驤：〈原興：兼論中國文學特質〉，《陳世驤文存》，頁 238。
54 朱熹：《四書集註・論語》（臺北：世界書局，1979 年），頁 121。
55 于光榮：〈孔子「詩論」的情感性〉，《船山學刊》2005 年第一期，頁 37。

「觀」，鄭玄注解為「觀風俗之盛衰」，朱熹說是：「考見得失」，《漢書・藝文志》說：「故古有采詩之官，王者所以觀風俗、知得失，自考正也。」無論是風俗的盛與衰，還是政策的得與失，人們在把這些情況用詩歌咏唱出來的時候，都要把自己的情感表達在詩歌裏面所描繪的意象中。因此，人們在學習觀賞詩歌的時候，首先就是被詩歌裏面所表現出來的「樂」、「怨」、「怒」、「哀」等情感所感染，而後再去對詩歌裏面描寫的社會風俗等情況進行體味和把握；也正由於首先被詩歌裏面表現出來的情感所感染，而後便能在情感的驅動之下，再去決定對國家政策的取捨與調整。[56]

「群」，孔安國說是「群居相切磋」，朱熹說是「和而不流」。都有情感溝通的意思。正由於有經常的情感溝通，才能增強群體內部的親和力，才能激起生活在群體中的人們對群體熱愛的情感。[57]

「怨」是直接表現情感的詞語，孔安國說是「怨刺上政」，這是從怨恨這一情緒的指向性的角度進行解釋的。而朱熹則從怨恨情感的表現程度上進行解釋，說是「怨而不怒」。雖然二者解釋的角度不同，但都是將「怨」作為一種情感。[58]

李建軍的研究表示，《上博簡・孔子詩論》已「注意體會作品所蘊涵的內在情感」[59]，但論證沒有很詳盡，筆者認為有更進一步申論的必要。

---

[56] 同前註。

[57] 同前註。

[58] 同前註，頁 38。

[59] 李建軍：〈《孔子詩論》與先秦文學鑒賞的萌芽〉，《重慶三峽學院學報》2003 年第 5 期，頁 41-42。

《孔子詩論》云：

> 孔子曰：「詩亡𨼆，樂亡𨼆情，文亡𨼆言。」（簡 1）

此為《孔子詩論》首簡之語，歧意頗大。「𨼆」字眾說紛紜，「言」字亦有解釋成「意」、「音」者。馬承源說：「詩亡隱志，樂亡隱情，文亡隱言，可以讀為詩不離志、樂不離情、文不離言。這句話的意思是說：賦詩必須有自己的志向，作樂必須有自己的道德感情，寫文章必須直言。」[60]馬承源之說，濮茅左據之，其釋《孔子詩論》第一簡為：孔子曰：「詩亡離志，樂亡離情，文亡離言」。[61]李學勤釋「𨼆」為「隱」，他說：

> 這篇《詩論》是有嚴密組織和中心主旨的論文。大家知道：《詩》固然有的出自民間，有的成於廟堂，在當時已居六經之列。孔門論《詩》，必有著思想的含義。《書·堯典》已云：「詩言志，歌永（咏）言，聲依永（咏），律和聲。」儒家詩學由此引申，故《詩序》稱：「詩者，志之所之也。在心為志，發言為詩。情動於中而行於言，言之不足，故嗟嘆之；嗟嘆之不足，故永（咏）歌之；永（咏）歌之不足，不知手之舞之，足之蹈之也。」這對照《詩論》所載：「孔子曰：詩亡隱志，樂亡隱情，文亡隱意。」觀點全然一貫。《詩論》這一篇論文，正是從這個角度論《詩》並涉及性、情、

---

60 馬承源主編：《上海博物館藏戰國楚竹書（一）》，頁 125-126 及 2000 年 8 月 16 日上海《文匯報》。

61 見濮茅左：〈《孔子詩論》簡序解析〉，朱淵清、廖名春主編：《上博館藏戰國楚竹書研究》，頁 15、20、39。

> 德、命之說，可與同出《性情論》(郭店簡《性自命出》)等相聯繫。[62]

採用李學勤說法的，以俞志慧為代表，他說：

> 與「隱志」相反的命題為「足志」，《左傳·襄公二十五年》孔子引述古《志》之語云：「言以足志，文以足言。」、「詩無隱志」、「隱志必有以喻」，可以看成是孔子對古《志》之語的繼承與發揚。[63]

周鳳五說：「簡文謂人心之真實情志皆反映於詩歌、音樂、言語之中，無法隱匿或矯飾，即『詩言志』是也。」[64]龐樸、裘錫圭亦主張釋「𨼆」為「隱」，茲不具引。李學勤「文亡隱言」釋為「文亡隱意」，他說：

> 這個字大家多釋為「言」，字的下部已經缺損。《詩論》簡文「言」字出現了幾次，字的頂上部沒有小横，這個字卻有小横。我認為此字不是「言」而是「意」，字的寫法可參看《金文編》「意」字。古時的詩都付于弦歌，以音樂表情，以文辭達意，釋「意」似比釋「言」要好。[65]

---

[62] 李學勤：〈《詩論》的體裁和作者〉，朱淵清、廖名春主編：《上博館藏戰國楚竹書研究》，頁 51-52。

[63] 俞志慧：〈《孔子詩論》五題〉，朱淵清、廖名春主編：《上博館藏戰國楚竹書研究》，頁 308。

[64] 周鳳五：〈《孔子詩論》新釋文及注解〉，朱淵清、廖名春主編：《上博館藏戰國楚竹書研究》，頁 156。

[65] 李學勤：〈談《詩論》「詩亡隱志」章〉，《文藝研究》2002 年第 2 期，頁 31。

就形制上言，李氏的推論也有可能。曹峰也認為，此字有可能是「意」，他說：

> 朱淵清先生在其〈上博《詩論》一號簡讀後〉[66]的一文中，釋「吝亡隱□」為「文毋吝音」，其根據是《詩大序〉中有「情發於聲，聲成文謂之音。」但……「詩」、「樂」、「文」應當是相互關聯的表述，「志」「情」「□」也應當是相互關聯的、屬於同一級別的、與前三者相對應的、同樣代表心理活動的表述。從「聲成文謂之音」來看，「音」是「聲成文」的結果，兩者是相等同而非對應的關係，與「志」、「情」也無關聯，不能看作是心理活動。……「音」與「詩」「樂」處在同一級別，不當與「志」「情」排列在一起。……。筆者認為，可能性較大的是「意」，文獻中常見「志意」聯用，都代表著具有實質意義的心理活動。[67]

曹峰將「言」字釋為「意」，並反駁朱淵清的「音」說，以為「志」、「情」、「意」同屬心理活動，為同一級別、相互關聯、相對應的。李學勤的「意」說主要從形制上立論，曹峰的「意」說引用文獻及從事理邏輯上推論，立論更為完備。但曹峰以「隱」為「離」，此句釋為「吝亡（無）隱（離）意」，即藝術形式（文飾）不與其所要表達的本意相脫節。[68]

---

[66] 朱淵清：〈上博《詩論》一號簡讀後〉，謝嘉容編：《郭店楚簡與早期儒學》（臺北：台灣古籍出版有限公司，2002 年 5 月初版），頁 201-202。

[67] 曹峰：〈試析已公佈的二支上海戰國楚簡〉，同前註，頁 220。

[68] 曹峰：〈試析已公佈的二支上海戰國楚簡〉，同前註，頁 221。

「⿰阝⿱吅⿱文心」字尚有「吝」字說，其意與「隱」字說略近。饒宗頤說：「詩亡吝志」者，謂詩在明人之志；「樂亡吝情」者，謂樂在盡人之情；「文亡吝言」者，謂為文言之要盡意，無所吝惜。[69]「⿰阝⿱吅⿱文心」字釋為「離」、「隱」、「吝」[70]，置入簡文之中，意義都很相近，依諸家詮釋，孔子在這裡談的是創作論，即創作者必須要以真情實感寫作。朱自清說，「詩言志」是中國詩論的開山綱領[71]，陸機〈文賦〉有「詩緣情而綺靡」之語，然吾人觀《上博簡・孔子詩論》首簡，兼包言志緣情，因《上博簡》的出土，中國詩論史有必要局部改寫。

「詩亡隱志，樂亡隱情，文亡隱意」談的似乎是偏於創作論（作者論），與本文論旨之一「情感接受」之為讀者論不同，但與本文論旨也有相同處，即同樣重視詩歌的情感本質。前文已提及，詩歌是經過心靈純化和韻律化的情感的語言表達，讀者在接受詩歌時，不可能只有倫理接受，而沒有情感接受，《上博簡・孔子詩論》首簡談的雖然是創作論（作者論），但因其立論重視詩歌的情感本質，也為詩歌的情感接受（讀者論）奠定了基礎。下文即論《上博簡・孔子詩論》的情感接受。

---

[69] 饒宗頤：〈《竹書》詩序小箋〉，朱淵清、廖名春主編：《上博館藏戰國楚竹書研究》，頁 231-232。

[70] 一樣是「吝」字說，饒宗頤釋為「吝惜」，廖名春釋為「貪吝」，葉國良等人釋為「鄙吝」。此處指的是饒宗頤的「吝」字說。廖說見廖名春：〈上海簡《詩論》管窺〉，《新出楚簡試論》（臺北：臺灣古籍出版有限公司，2001 年 5 月），頁 301-310。葉說見葉國良等：〈上博楚竹書《孔子詩論》箚記六則〉，《臺大中文學報》第 17 期（2002 年 12 月），頁 11-14。

[71] 朱自清：〈詩言志辨・序〉，《詩言志辨》（臺北：漢京文化有限公司，1983 年 1 月 5 日），頁 4。

《孔子詩論》云：

> 《小夏》□□也。多言難而悁（怨）退（懟）者也，衰矣少矣。《邦風》其納物也博，觀人谷（俗）焉，大斂材焉。（簡 3）

此簡總論《小雅》及《國風》，斷句及釋文頗有分歧。馬承源說：「難」者係指《小雅》中《四牡》、《常棣》、《采薇》、《杕杜》、《沔水》、《節南山》、《正月》、《十月之交》等等許多篇皆為嘆憂難之詩。衰矣，少矣，指《少夏》，可能是就《小雅》中許多反映社會衰敗、為政者少德的作品而言。後文在《少夏》編的《十月》、《雨亡政》、《節南山》等篇評述云：「皆言上之衰也，王公恥之。」「衰矣少矣」即為此類詩作。又備用的殘簡中也有一簡是有關於《詩》的，其文云：「者。《少夏》亦悳之少者也。……」所謂「悳之少者」，可以作為「衰矣少矣」的進一步解釋。但此簡與《詩論》並非為同一人手筆，今附之以供參考。邦風，就是《毛詩》的《國風》，《邦風》是初名，漢因避劉邦諱而改為《國風》。「納物」，即包容各種事物。……。此句讀為「普觀人俗」。《禮記·王制》：「天子五年一巡守……，至於岱宗。柴而望祀山川，覲諸侯。問百年者，就見之，命大師陳詩，以觀民風。」這是陳詩觀民風。《孔叢子·巡守》：古者天子「命史采民詩謠，以觀其風」。又《漢書·藝文志》：「古有采詩之官，王者所以觀風俗，知得失，自考正也。」這是采詩觀風俗。普觀人俗即普觀民風民俗。這裡孔子所言《邦風》具有教化作用的論述，在各種史料中是較早的。……。《周禮·地官司徒·大司徒》：「頒職事十有二於邦國都鄙。使民以登萬民：一曰稼穡……八曰斂材……」此「斂材」為收集物資，簡文「斂材」指邦風佳作，實為采風。[72]「怨懟」，周鳳五讀為「怨悱」，所謂「《小雅》怨悱而不亂」是也。[73]《邦風》句，李學勤讀「其納物也博，觀人俗焉」，與馬承源不同。黃懷信辨證諸家說云：

> 讀「其納物也，溥觀人俗（或欲）焉」為句，于文不可通。因為「溥觀人俗（或欲）」與「納物」無關，不能做「納物」的謂語。所以，「尃」讀「溥」而下屬為句當非。「谷」讀「欲」讀「俗」，于音韻亦皆無問題，問題是如眾所知，《邦風》並非觀民欲之詩，而是觀民俗之詩。君民者好以視民欲固宜，但民俗似亦不可不觀，原考釋所引《漢書・藝文志》及廖引鄭《譜》即其證。故讀「谷」為「欲」亦非。[74]

此簡馬承源考釋已頗詳盡，唯「尃」（溥、普）下屬為句，較不妥，其理如上引文黃懷信之辨正。《上博簡・孔子詩論》此簡約言之，即言《小雅》「可以怨」《國風》「可以觀」之意。「怨」是情感用語，「觀」亦為情感所感染，此意前文已述及，此簡為情感接受之語，甚為明顯。

《孔子詩論》云：

> 〈十月〉，善諀言；〈雨無正〉、〈節南山），皆言上之衰也，王公恥之。〈小旻〉，多疑矣，言不中志者也。〈小宛〉，其言不惡，少有危焉。〈小弁〉、〈巧言〉，則言讒人之害也。（簡 8）

---

[72] 馬承源主編：《上海博物館藏戰國楚竹書（一）》，頁 129-130。

[73] 周鳳五：〈《孔子詩論》新釋文及注解〉，朱淵清、廖名春主編：《上博館藏戰國楚竹書研究》，頁 157。

[74] 黃懷信：《上海博物館藏戰國楚竹書《詩論》解義》，頁 248-249。

此簡評論〈小雅〉七首詩，簡末有〈伐木〉篇名，但未見評論之語。此簡之釋文亦有歧異，筆者為省篇幅，諸家之說以筆者之判斷為去取，盡量求其精簡。「〈十月〉，善諀言。」今本《詩經·小雅》無《十月》篇，諸家釋文皆以為指的是〈十月之交〉。黃懷信說：

> 〈十月之交〉前三章主要是描寫當時的日蝕和地震，並流露出對時政的不滿，但基本上都不屬於「言」。第四章是介紹當時的政治情況，也不是「言」。……。後四章主要是揭露和批評皇父。但詩人並沒有直接講批評的話，尤其是五、六兩章，如他用了「豈曰不時」，似乎是要贊揚皇父；又說「皇父孔聖」，也是從反面進行諷刺。七、八兩章，也是通過描寫自己的辛勞和遭遇表達對皇父的不滿，並且還稱其命為「天命」。可見詩人確實是善於講批評的話。……。他所謂的「善諀言」就應當是指此而言。除此之外，全詩似看不出別有「便巧之言」和「譬言」。詩中確有刺言，但「刺」不等於「呰」，「呰」為詆毀之義。顯然，詩人並沒有用詆毀之詞，可見不當釋「呰」。所以，「諀」字當從廖名春先生如字讀，訓為「批評」，但非為批評君上（幽王），而是批評皇父。而且「批評」為正面意義上的批評，非是反面意義上的誹謗，故曰「善諀言」。《詩序》所謂「大夫刺幽王也」，無疑是未得詩旨。[75]

「〈雨無正〉、〈節南山〉，皆言上之衰也，王公恥之。」馬承源釋文：〈雨無正〉云：「宗周既滅，靡所止戾。正大夫離居，

---

[75] 同前註。頁 154-160。

莫知我勩。三事大夫，莫肯夙夜。邦君諸侯，莫肯朝夕。」又云：「如何昊天，辟言不信，如彼行邁，則靡所臻。凡百君子，各敬爾身。胡不相畏，不畏于天。」極言宗周滅亡後朝政了無綱紀的衰落現象。〈節南山〉謂：「天方薦，喪亂弘多」，「不弔昊天，亂靡有定。式月斯生，俾民不寧，憂心如酲，誰秉國成。」對於這些亂象，孔子特為指出「皆言上之衰也，王公恥之」。[76]《詩序》曰：「〈雨無正〉，大夫刺幽王也。雨，自上下者也。眾多如雨，而非所以為政也。」〈節南山〉則為「家父」所作用以詰責尹太師的詩。大夫、「家父」均為「王公」之類。《孔叢子・記義》載孔子曰：「(吾)於《節南山》，見忠臣之憂世也。」可與《孔子詩論》參看。

「〈小旻〉，多疑矣，言不中志者也。」馬承源釋文：〈小旻〉內容也是怨憤國家亂象的，「謀夫孔多，是用不集，發言盈庭，誰敢執其咎」，孔子評之為「言不中志」。[77]詩文本有「謀之其臧，則具是違。謀之不臧，則具是依。我視謀猶，伊于胡底！」「哀哉為猶，匪先民是程，匪大猶是經，維邇言是聽，維邇言是爭」「謀臧不從，不臧覆用。我視謀猶，亦孔之邛」之句，此即不合乎詩人心志的「謀」。

「〈小宛〉，其言不惡，少有危焉。」周鳳五釋文：蓋美詩人處衰亂之世而能戒慎恐懼，〈小宛〉末章云：「惴惴小心，如臨於谷；戰戰兢兢，如履薄冰。」是也。[78]

[76] 馬承源主編：《上海博物館藏戰國楚竹書（一）》，頁 136。
[77] 同前註。
[78] 周鳳五：〈《孔子詩論》新釋文及注解〉，朱淵清、廖名春主編：《上博館藏戰國楚竹書研究》，頁 159。

「〈小弁〉、〈巧言〉，則言讒人之害也。」《詩序》謂：「〈小弁〉，刺幽王也。太子之傅作焉。」孔《疏》：「太子，謂宜咎也。幽王信褒姒之讒，放逐宜咎，其傅親訓太子，知其無罪，閔其見逐，故作此詩以刺王。」然觀詩文本語氣，應為太子親作。其詩有「君子信讒，如或酬之」之句。《詩序》謂：「〈巧言〉，刺幽王也。大夫傷於讒，故作是詩也。」其詩有「亂之又生，君子信讒」之句。

簡 3 總評〈小雅〉多言難而怨懟者也，衰矣少矣。簡 8 則分評〈十月〉、〈雨無正〉、〈節南山〉、〈小旻〉、〈小宛〉、〈小弁〉、〈巧言〉諸詩，這些詩都是所謂的「變雅」，詩中飽涵詩人的情感，而《上博簡·孔子詩論》之接受亦以情感。

《孔子詩論〉云：

〈綠衣〉之思，〈燕燕〉之情。(簡 10)

〈綠衣〉之憂，思古人也。《燕燕〉之情，以其獨也。(簡 16)

〈綠衣〉是〈邶風〉第二篇。馬承源釋文：思，〈綠衣〉的詩意。詩云：「心之憂矣，曷維其亡。」「我思古人，實獲我心。」「〈綠衣〉之思」的主旨在此。[79]黃懷信說：這是一首追思亡人的詩。詩中的「古（故）人」，無疑應是「我」的妻子，「我」是她的丈夫。丈夫看到妻子的遺物綠衣、黃裳，想起她生前染絲織布，並且還能時常規勸自己，使自己不犯過失。現在人去物在，又無人陪伴身邊，能不憂傷、能不思念

[79] 馬承源主編：《上海博物館藏戰國楚竹書（一）》，頁 140。

嗎？葛衣在身，寒風淒冷，又有誰知我心呢？可見對亡妻有著深深的思念。[80]〈燕燕〉是〈邶風〉第三篇。詩之前三章皆以「燕燕于飛」起興，主要是描寫遠送姑娘出嫁時的情景，表現了一種難分難捨的感情和對姑娘的愛。從文字看，送者應該是姑娘的母親（或其他與之有感情的女性人物）。所以，這種「情」當是一種親情；「愛」是對女兒的愛。女兒遠嫁他鄉而去，相對於母女，自然就只剩下母親自己一個，可見所謂「獨」，當是指母親的孤獨。[81]

這樣解釋〈綠衣〉、〈燕燕〉，乃扣緊詩文本。不採《詩序》「〈綠衣〉，衛莊姜傷己也。妾上僭，夫人失位而作是詩也。」的歷史解釋法。也不採「〈燕燕〉，君子慎其獨」的義理解釋法。《上博簡·孔子詩論》在有些地方的接受是重視詩本義的，言「思」、「情」「憂」、「愛」都是情感用語，此其情感接受也。

《孔子詩論》云：

> 〈東方未明〉，有利詞。〈將仲〉之言，不可不畏也。〈揚之水〉，其愛婦，悡。〈采葛〉之愛婦，（簡 17）

此簡上下端殘。〈東方未明〉為〈齊風〉之詩，有「東方未明，顛倒衣裳。顛之倒之，自公召之。」及「倒之顛之，自公令之。折柳樊圃，狂夫瞿瞿。不能辰夜，不夙則莫。」之句，此為奴隸或工人階級對官府的抱怨，「有利詞」指此。〈將仲〉即今本〈鄭風·將仲子〉，有「畏我父母。仲可懷也，父母之言，亦可畏也」及「畏我諸兄。仲可懷也，諸兄之言，

[80] 黃懷信：《上海博物館藏戰國楚竹書《詩論》解義》，頁 45。
[81] 同前註，頁 48。

亦可畏也。」及「人之多言，亦可畏也」之句。〈揚之水〉有三，此指〈王風·揚之水〉，戍守申地甫地許地的男子，想念家鄉，而有「懷哉懷哉，曷月于還歸哉」之三嘆，其所表達的愛懷，也是婦人的離恨。(從馬承源說)〈采葛〉為〈王風〉之詩，其詩有「一日不見，如三月兮」、「一日不見，如三秋兮」、「一日不見，如三歲兮」之句，詩中主人翁愛婦之心很強烈。「有利詞」有「詩可以怨」的意味。「畏」、「愛」、「愁」都是情感用語。此簡「愛婦」兩見，深刻顯現愛慕女子之情。

《孔子詩論》云：

> 因〈木瓜〉之報，以喻其怨者也。〈杕杜〉，則情喜其至也。(簡 18)

周鳳五釋文：〈木瓜〉詩共三章，彼投我者皆「木瓜」，而我竟報之以「瓊琚」、「瓊瑤」、「瓊玖」，贈答之厚薄迥異，所寓之情意懸殊。簡文蓋謂以厚報輕，寄其愛慕之意，而求之不得，心中不能無怨也。[82]〈杕杜〉，一在〈唐風〉，一在〈小雅〉，此處指〈小雅·杕杜〉，其詩有「征夫歸止」、「征夫不遠」、「卜筮偕止，會言近止，征夫邇止」之句，征夫行役將歸，思婦情喜征夫之至也。「怨」、「情喜」都是情感用語，此簡亦為情感接受。

《孔子詩論》云：

> □志，既日天也，猶有怨言。(簡 19)

---

[82] 周鳳五：〈《孔子詩論》新釋文及注解〉，朱淵清、廖名春主編：《上博館藏戰國楚竹書研究》，頁 162。

□志，原考釋不作隸定，李零釋為「溺」。[83]鄭玉姍說：溺志，即自我堅持的心志。[84]此簡評的是〈鄘風・柏舟〉，其詩有「之死矢靡它，母也天只，不諒人只。」及「之死矢靡慝，母也天只，不諒人只」之句。《詩序》:「〈柏舟〉，共姜自誓也。衛世子共伯蚤死，其妻守義，父母欲奪而嫁之，誓而弗許，故作是詩以絕之。」舊說以貞婦誓死以明志解之，今人有以少女追求愛情自主為說者。「母也天只」，即「既曰天也」,「猶有怨言」亦情感用語。

《孔子詩論》云：

〈邶柏舟〉，悶。（簡 26）

〈邶風・柏舟〉有「耿耿不寐，如有隱憂」、「憂心悄悄，慍于群小」、「心之憂矣，如匪澣衣。靜言思之，不能奮飛。」之句，說其詩旨為「憂」亦無不可，《上博簡・孔子詩論》以「悶」說之，亦頗生動。此詩毛詩以「仁人不遇，小人在側」說之，朱傳以「婦人不得於其夫」說之，無論何說，詩中主人翁之情感均「悶」也。此簡亦屬情感接受。

簡 15:「及其人，敬愛其樹，其厚報矣！〈甘棠》之愛，以召公」簡 24:「吾以〈甘棠〉得宗廟之敬，民性固然。甚貴其人，必敬其位；悅其人，必好其所為；惡其人者亦然。」「愛」、「悅」、「好」、「惡」屬情感接受。「敬」則為倫理接受。

[83] 李零:《上博楚簡三篇校讀記》(臺北：萬卷樓圖書公司，2002 年 3 月),頁 22-23。

[84] 季旭昇主編，鄭玉姍等合撰:《上海博物館藏戰國楚竹書(一)讀本》,頁 50。

曹建國說：

> 《詩論》對我們重新認識孔子的《詩》學思想具有重大意義，它不僅讓我們認識到孔子《詩》學思想中重「情」的一面，而且為我們提供了孔子解《詩》的實例，讓我們對孔子《詩》學思想的認識落到了具體的實處。而且正確的評價孔子論《詩》、解《詩》重「情」，對於重新構建中國詩學理論史也有重要的意義。傳統觀念認為，先秦只有「詩言志」，而「詩緣情」要到西晉時陸機〈文賦〉出，才出現。那麼既然孔子就有了「詩言情」的觀念，那麼，「詩言志」還會是先秦唯有的詩學觀念嗎？「詩緣情」還會是魏晉的新風尚嗎？[85]

曹氏之說可從。其實漢代詩學中也有「詩緣情」的觀念，比如《漢書·翼奉傳》載翼奉語有「《詩》之為學，情性而已」之語，《漢書·匡衡傳》載匡衡語也有「《詩》始乎〈國風〉，原情性而明人倫也」之語，蔡邕《琴操》論《詩》之所是「內迫於情性」，著名的《毛詩大序》也多次論及《詩》與情的關係。[86]上引諸說，匡衡的「原情性而明人倫」一語才能包括《上博簡·孔子詩論》倫理接受與情感接受兩方面，只是傳統中國詩學理論史只看到倫理性的一面，現在經由上述的論證，讓我們看到先秦儒家詩學情感性的一面，這也是《上博簡·孔子詩論》的價值所在。

---

[85] 曹建國：「出土文獻與先秦《詩》學研究」（上海：復旦大學博士論文，2004年4月28日），頁137。

[86] 同前註，頁140。

第五節　《上博簡·孔子詩論》情感接受與倫理接受的統一

《上博簡·孔子詩論》情感接受與倫理接受的統一，其最明顯的例子是論〈關雎〉各簡，計有下列五部份：

1. 〈關雎〉之改，〈樛木〉之時，〈漢廣〉之智，〈鵲巢〉之歸，〈甘棠〉之報，〈綠衣〉之思，〈燕燕〉之情，蓋日童而偕，賢於其初者也。(簡 10 上)

2. 〈關雎〉以色喻於禮。(簡 10 下)

3. 〈關雎)之改，則其思益矣。(簡 11)

4. □□□好，反納於禮，不亦能改乎？(簡 12)

5. 兩矣，其四章則喻矣。以琴瑟之悅，擬好色之願；以鐘鼓之樂，(下缺)。(簡 14)

其中「《關雎)之改」出現兩次，「不亦能改乎？」出現一次。簡 12 的缺文，依上下文意，有人補「關雎」二字(濮茅左說)。以上最具詮釋分歧的是「改」這個字，至少有八種說法，但因為《孔子詩論》評論〈關雎〉的文字不少，必須上列五部份全部說得通，才較具說服力，因此形成對諸說的制約作用，學界幾乎已有定論。以下筆者列引眾說，論證過程一概不引，以省篇幅，畸輕畸重之間，讀者當知筆者同意何說。

1. 「怡」說

馬承源說：

〈關雎〉是賀新婚之詩，當讀為〈怡〉。……「怡」當指新人心中的喜悅。[87]

2.　「改」說

李學勤說：

「改」訓為更易。作者以為〈關雎〉之詩由字面看係描寫男女愛情，即「色」，而實際要體現的是「禮」，故云：「以色喻於禮」。簡文與鄭玄〈箋〉同，分〈關雎〉為五章，「其四章則喻矣」兼指四、五章。第四章「窈窕淑女，琴瑟友之」，第五章「窈窕淑女，鐘鼓樂之」，即作者所言之「喻」。「琴瑟」、「鐘鼓」都屬於禮。把「好色之願」、「某某之好」變為琴瑟、鐘鼓的配合和諧，「反內（入、納）於禮」，是重要的更改，所以作者說「其思益矣」。「益」，意為大，見《戰國策·中山策》注。[88]

廖名春說：

簡文的所謂「改」，即毛《序》之「風」、「正」、「化」，也就是毛《序》所謂「移風俗」或「禮記·樂記」所謂「移風易俗」。[89]

---

87 馬承源主編：《上海博物館藏戰國楚竹書（一）》，頁 139。
88 李學勤：〈《詩論》說〈關雎〉等七篇釋義〉，《齊魯學刊》2002 年第 2 期，頁 91。
89 廖名春：〈上海博物館藏詩論簡校釋〉，《中國哲學史》2002 年第 1 期，頁 10。

劉信芳說：

> 《關雎》之「寤寐思服」、「輾轉反側」，此發之於性，尚與「狡童」無異；及至「琴瑟友之」，「鐘鼓樂之」，則依之於禮，已是君子形象。由「反側」至「琴瑟」，是由色至於禮，是其「改」也。簡 12「反納於禮，不亦能改乎」，則《詩論》本身對「改」已經表述得很清楚了。[90]

張寶三說：

> 《孔子詩論》第十簡以讀為「〈關雎〉之改」為宜。其詮釋當較近帛書〈五行篇〉所說，即以為詩之前半部乃強調「思色」之急，後半部則以「琴瑟」、「鐘鼓」之禮儀改易「好色」之思，由好色進而合禮，故言「(關雎〉以色喻於禮」。由起初之「好色」與篇終之「合禮」相較，其境界乃有所提升，故云:「動而皆賢於其初」、「〈關雎〉之改，則其思益矣」。[91]

帛書《五行》篇「經」第二十五章云:「喻而知之，謂之進之。」其「說」云：

> 喻而知之，謂之進之。弗喻也，喻則知之矣。知之則進耳。喻之也者，自小好喻乎所大好。「窈窕淑女。寤寐求之。」思色也。「求之弗得，寤寐思服。」言其急

---

[90] 劉信芳:〈《詩論》所評「童而偕」之詩研究〉,《齊魯學刊》2003 年第 6 期，頁 97。

[91] 張寶三:〈《上博一·孔子詩論》對〈關雎〉之詮釋論考〉,《臺大中文學報》第 21 期（2004 年 12 月），頁 24。

> 也。「悠哉悠哉，輾轉反側。」言其甚急也。急如此甚也，交諸父母之側，為諸？則有死弗為之矣。交諸兄弟之側，亦弗為也。交諸邦人之側，亦弗為之。畏父兄，其殺畏人，禮也。由色喻於禮，進耳。[92]

「自小好喻乎所大好」及「由色喻於禮，進耳。」與《孔子詩論》「〈關雎〉以色喻於禮」、「〈關雎〉之改，則其思益矣」、「反納於禮，不亦能改乎？」之論，極其相似，兩者在學術血緣上可能有承傳關係。

季旭昇、俞志慧、陳桐生、黃懷信、姜廣輝等人亦主「改」說，茲不具引。

3.　「巹」說

饒宗頤說：

> 讀為「不亦能巹」，謂不亦能謹而有所承。是合乎「禮之大體」，故思有所益。以昏禮之巹，正「所以敬慎重正」，其義深矣。[93]

4.　「娶」說

周鳳五主之，無說。[94]

---

[92] 此處引文基本依據龐樸：《竹帛「五行」篇校注及研究》（臺北：萬卷樓圖書公司，2000 年）。唯補文及通假字全改成通行楷字，以利排版及閱讀。

[93] 饒宗頤：〈《竹書》詩序小箋〉，朱淵清、廖名春主編：《上博館藏戰國楚竹書研究》，頁 229。

[94] 周鳳五：〈《孔子詩論》新釋文及注解〉，同前註，頁 153-154。

5. 「妃」說

李零說：

> 「妃」是匹配之義，古書亦作「配」，詩文稱為「好逑」。[95]

范毓周亦主之，無說[96]。

6. 「逑」說

王志平說：

> 「改」讀為「逑」或「求」。〈關雎〉:「君子好逑」。《鹽鐵論・執務》:「有求如〈關雎〉，好德如〈漢廣〉」。[97]

7. 「已」說

曹峰說：

> 這個字應該就是「已」的假借字，義為止。[98]

8. 「哀」說

此為許子濱在〈讀《上海博物館藏戰國楚竹書（一）》小識〉中所說，《新出楚簡與儒學思想國際學術研討會論文集》，

[95] 李零：〈上博楚簡校讀記（之一）〉，簡帛研究網站。2002/01/17。

[96] 范毓周：〈上海博物館藏《詩論》的釋文、簡序與分章〉，朱淵清、廖名春主編：《上博館藏戰國楚竹書研究》，頁 175、178、179、182。

[97] 王志平：〈《詩論》箋疏〉，同前註，頁 215-217。

[98] 曹峰：〈試析上博楚簡《孔子詩論》中有關「關疋」的幾支簡〉，簡帛研究網站。2001/12/26。

北京清華大學思想文化研究所，2002 年 3 月 31 日～4 月 2 日。

就形制上、音韻、上下文意三方面說，「改」說最貼切。其他如讀為「不亦能怡乎？」、「不亦能妃（配）乎？」「不亦能悉乎？」「不亦能哀乎？」均無法通讀有關各簡。而「已」說，僅能凸顯〈關雎〉「止息」好色之層面，未若改易好色而達到合禮的境界，亦有未當。[99]而〈關雎〉詩的氛圍應是由思色之急到合禮的「樂」，絕不是「哀」。

「害曰童而皆，賢於其初者也。」是簡 10 另一詮釋分歧之處，馬承源作一句讀，未作注釋。論者則多讀為「害？曰：童而皆賢於其初者也。」對「童」的解釋，分歧較大，主要有：

周鳳五：「重」，簡文作「童」，原缺釋。按，當讀為「重」，重複也。簡文列舉〈關雎〉、〈樛木〉、〈漢廣〉、〈鵲巢〉、〈甘棠〉、〈綠衣〉、〈燕燕〉七詩，皆連章複沓，反復言之，其情亦由淺而深，至於卒章而後止，所謂「重而皆賢於其初」是也。[100]

李學勤：這裡的「童」字，我認為應該為「誦」字的通假……「誦」即誦讀，「賢」訓為「勝」。「誦而皆賢於其初」，意思是誦讀這些詩篇便能有所提高，勝於未讀之時。[101]

---

[99] 此為張寶三說，見《〈上博一·孔子詩論〉對〈關雎〉之詮釋論考〉，頁 9。

[100] 周鳳五：《《孔子詩論》新釋文及注解），朱淵清、廖名春主編：《上博館藏戰國楚竹書究》，頁 160。

[101] 李學勤：〈《詩論》說〈關雎〉等七篇釋義〉，頁 91。

廖名春：周讀「童」為「重」是，但訓為重複則非。當訓為善、貴。……。「(關雎〉之改，〈樛木〉之時，〈漢廣〉之智，〈鵲巢〉之歸」是對好色本能的超越，「〈甘棠〉之報」，是對利己本能的超越，「〈綠衣〉之思，〈燕燕〉之情」是對見異思遷本能的超越，所以說它們「皆賢於其初者也」。[102]

姜廣輝：所謂「動」，概指人生行為，而「賢」為「崇重」之義……而「初」為「根本」之義，此語的意思是人生的行為應崇重其根本，這個根本就是「德」和「禮」。[103]

劉信芳辨正諸家說云：

> 「害曰童而皆，賢於其初者」，既是〈關雎〉等七首詩的共同特點，也是這七首詩與其餘諸詩有所區別之所在，這是大家都意識到的。而目前所見到的釋讀都沒有很好地解決這一問題。「連章複沓」，幾乎所有《風》詩都是如此，非獨〈關雎〉然。「誦讀這些詩篇便能有所提高，勝於未讀之時」，崇重「德」和「禮」這個根本，以及將「重」理解為善等，適應的範圍寬泛，都不足以作為對〈關雎〉等詩的專門評價。[104]

劉氏之說可從。他力闢眾說，「害」讀作「蓋」，「皆」讀作「偕」，「童」如字讀。「蓋曰」是綜括語氣。「初」是指詩中主人公之「初」——時間年齡意義上的「當初」，凡人較之

[102] 廖名春：〈上海博物館藏詩論簡校釋劄記〉，朱淵清、廖名春主編：《上博館藏戰國楚竹書研究》，頁 263。
[103] 姜廣輝：〈關於古《詩序》的編連、釋讀與定位諸問題研究〉，頁 159。
[104] 劉信芳：〈《詩論》所評「童而偕」之詩研究〉，頁 95-96。

當初，都會有一個由不知道禮到知禮的成長進步階段，而禮具有人際關係準則的意義，依禮則有社會人群的和諧。劉信芳總結此句說：

> 孔子是以一位老者的慈愛心情看待《邦風》中的童（年輕人）之詩的，關睢、樛木、漢廣、鵲巢、甘棠、綠衣、燕燕這些詩，都是（蓋）表達（曰）年輕人（童）和諧相處（皆），比他們幼年時懂事（賢）了。「童而偕」的措辭語氣頗值得玩味，在孔子眼裏，這些年輕人還只是「童」，但已知道與人和諧相處了。「偕」在這裡既指男女相偕，亦指人事關係之偕。[105]

劉氏之說可從。就《詩論》此簡的特殊性而言，以劉氏的釋讀最佳，然就義理而言，廖名春「對好色本能的超越」「對利己本能的超越」「對見異思遷本能的超越」云云，亦有可採。劉、廖二氏之說均兼涵〈關睢〉的情感接受與倫理接受。而姜廣輝之說只有倫理接受的一面，無法通釋〈關睢〉有關各簡，在義理上略遜一籌。

再回顧前文「關睢之改」的「改」字說，能通讀各簡，最佳。「以色」、「擬好色之願」，此情感接受；「喻於禮」、「則其思益矣」「反納於禮」，此倫理接受；「蓋曰童而偕，賢於其初者也」、「以色喻於禮」則呈顯情感接受與倫理接受的統一。

[105] 同前註，頁 96。

第六節　結論

郭芳在〈論《詩經》接受的二重性〉[106]一文中，歸納三組二重性：政治性與文學性、神聖化與世俗化、道學闡釋與真情感悟。與本文的論旨略同，但通觀其文，《上博簡·孔子詩論》之材料及論述文章，一字不提，顯然他的研究視野未及於此新出土的材料。倫理接受本為孔門詩學的核心部分，但也有情感接受的一面，也有情感接受與倫理接受統一的一面，綜觀這三部分才能盡儒家詩學的全貌。《上博簡·孔子詩論》的出土與研究，讓我們確實認清先秦詩學思想史的真相，它的貢獻不可謂不大。

[106] 郭芳：〈論《詩經》接受的二重性》，《保定師範專科學校學報》16：1（2003 年 1 月），頁 25-28。

第二章

陶淵明作品對《詩經》的接受與發展—以田園、樂土為中心

第一節　前言

最早對陶淵明（365-427）作品提出評論的是鍾嶸（468？-519？）《詩品》，此書卷中「宋徵士陶潛詩」云：

> 其源出於應璩，又協左思風力。文體省淨，殆無長語。篤意真古，辭興婉愜。每觀其文，想其人德。世歎其質直。至如「歡言酌春酒」、「日暮天無雲」，風華清靡，豈直為田家語邪！古今隱逸詩人之宗也。[1]

這段話包含四個內容：第一，論陶詩的淵源；第二，論陶詩的語言、立意、表達方式及其文格與人格的統一；第三，對世人之公論提出質疑，指出陶詩不只是質直的田家語，還有清靡的一面；第四，陶潛是古今隱逸詩人之宗。[2]本文設定探討陶淵明作品的淵源問題，故對上述的第一個內容略如下。

陶詩「其源出於應璩，又協左思風力」說，提出異議的有宋代葉夢得、明代謝榛、王世貞、胡應麟、毛晉、清代王士禎、沈德潛、紀昀、李調元等人。贊同鍾嶸的，則有清王夫之、章學誠、民國古直、逯欽立、王貴苓、王叔岷、王運熙等人。[3]袁行霈研究陶詩淵源，得出如下的結論，他說：

---

[1] 王叔岷：《鍾嶸詩品箋證稿》（台北南港：中央研究院中國文哲研究所，1992），頁 260。

[2] 袁行霈：〈鍾嶸《詩品》陶詩源出應璩說辨析〉，《陶淵明研究》（北京：北京大學出版社，1997），頁 136。

[3] 見同前注，頁 137-144。

> 陶潛詩歌的淵源並不像鍾嶸所說的那麼簡單。他有自己獨創的詩體；也有博采眾家之長，加以融合而形成的詩體。與其說源出應璩，不如說源出漢、魏、晉諸賢，應璩是決不足以籠罩他的。如果一定要在這眾多的源頭中特別提出兩三個來，則不妨說其源出於《古詩》，又紹阮籍之遺音而協左思之風力。[4]

袁行霈之說，大抵不錯。但鍾嶸《詩品》只評五言詩，其對各家所謂「源出」、「憲章」、「祖襲」云云，亦只針對五言詩而言。然陶淵明作品還有四言詩、辭賦、散文，這些文體另有淵源，非上引袁行霈之說所能涵蓋。

陳怡良研判陶淵明是一集大成的詩人，若探其詩歌淵源，當是「上承《詩》、《騷》，多採諸子，酌法漢魏，兼取大家」，若論其辭賦之淵源是「本祖《風》、《騷》，上法漢賦，近取短賦，而後創新風格以成。」[5]陶淵明詩賦的《楚辭》淵源，陳怡良以為有（一）引用、鎔鑄。（二）題材、手法。（三）風格、意境等三項。[6]陳文論證詳實，可稱為此一論題之傑作。

陶淵明與《詩經》的關係，李劍鋒以為，從改名、愛好誦讀、研習《詩經》可見其密切，在創作中有意無意地受了《詩經》的影響。這種影響是多層次、多側面的。陶淵明詩文有完全襲用《詩經》中的語句者，有化用《詩經》中的詞

---

4 同前注，頁 157-158。

5 陳怡良：《陶淵明之人品與詩品》（台北：文津出版社，1993），頁 272、319。

6 陳怡良：〈陶淵明詩賦的《楚辭》淵源研究〉，《陶淵明探新》（台北：里仁書局，2006），頁 306-338。

語、句式、句意者，有在意境、美學風貌上對《詩經》有所繼承和創新者。此外尚有：以審美的眼光書寫勞動之美、田園題材、隱逸、飲酒、抒情言志、對人倫親情的歌詠與肯定等，其源頭均與《詩經》有關。[7]

李劍鋒對陶淵明詩文的《詩經》淵源研究，與陳怡良的研究進路是一樣的。但李劍鋒的研究，點到為止，未能展開，留下了學界繼續探討此一論題的空間。筆者的研究進路與陳怡良、李劍鋒不同，著重在陶淵明作品對《詩經》的接受與發展，並把焦點集聚在田國、樂土上。

第二節　陶淵明作品對《詩經》田園詩的接受與發展

洪順隆對田園詩的定義是這樣的：

> 所謂的田園詩，是以描寫田園為主題的詩。而田園的範圍，包括農村田野的景色，農民的生活、感受（耕作或休閒生活以及對兩方面的感受均包含在內）。至於那些景色是高雅的或卑俗的，那些生活是快樂的或是艱苦的，是作者的親身體驗，或是旁觀的紀錄；也就是說，不論作者是何種身分，站在什麼角度作詩，只要詩的主題觸及田園，那些作品便是我們討論的對象。[8]

---

[7] 李劍鋒：〈陶詩的淵源〉，《陶淵明及其詩文淵源研究》（濟南：山東大學出版社，2005），頁 296-307。

[8] 洪順隆：〈田園詩論（一）——由《詩經》到陶淵明暨其餘響看「田園詩」的發展及其特色〉，《華學月刊》第 101 期（1980.5），頁 44-45。

洪順隆簡略舉出《詩經》中有關田園生活或田園景色、農事的詩句若干，如〈鄘風・桑中〉的「爰采唐矣」，「期我乎桑中」「爰采麥矣」、「爰采葑矣」等詩句及〈魏風・園有桃〉、〈魏風・十畝之間〉、〈魏風・碩鼠〉、〈唐風・蟋蟀〉中的一些詩句。[9]洪順隆又以為，〈小雅・大田〉、〈小雅・甫田〉、〈豳風・七月〉是「很完整的田園詩」並做出如下的結論：

> 三首詩中，任何一首，它所表現的對象都是廣泛的農村，個體的意識情感幾乎沒有；而且，創作立場和作者身分，無疑地都屬於治人者……表現的對象具有相當普遍性，語言文字的使用，抽象的描述多於具體的抒發，缺乏那分切身感。這是早期田園詩的特色。[10]

洪順隆的意見大抵不錯，但是，《詩經》的田園詩，遠較他所說的複雜。張應斌不提「田園詩」的概念，而提出「農業文學」此一名稱，事實上，「農業文學」和洪順隆的「田園詩」定義非常接近。張應斌把周代農業文學（主要保存在《詩經》裡）分成下列名目：農業史詩，如〈大雅・生民〉，它是中國唯一以農業發明史為題材的史詩；貴族的農事詩，如〈臣工〉、〈噫嘻〉、〈豐年》、〈載芟〉、〈良耜〉、〈楚茨〉、〈信南山〉、〈甫田〉、〈大田〉；民眾的農事詩，〈豳風・七月〉是周代唯一的民眾農事詩，它全面地反映了周代下層農民的田間生產勞動生活，提供了全景式的農夫生活的歷史畫卷，對於認識周代農夫生活有極其重要的意義；田園政治詩，如〈碩鼠〉、〈伐檀〉、

[9] 同前注，頁 45。
[10] 同前注，頁 48。

〈鴇羽〉；田園抒情詩的胚芽，如〈魏風・十畝之間〉。[11]張氏的說法已頗全面，然而也有可補闕之處，如〈周南・芣苡〉雖小巧，亦可視之為民眾的農事詩，其他他所未舉出的詩，也有不以農業為主題，但卻有以田園為背景的詩句的尚多。

洪順隆把陶淵明的田園詩分成五類：（一）嚮往田園的詩篇，如〈始作鎮軍參軍經曲阿〉、〈乙已歲三月為建威參軍使都經錢谿〉、《辛丑歲七月赴假還江陵夜行塗口》。（二）鼓勵耕作的田園詩，如〈勸農〉、〈癸卯歲始春懷古田舍〉。（三）寫田園生活、抒耕種感懷的詩篇，如〈和郭主簿其一〉、（移居二首〉、〈酬劉柴桑〉、《飲酒詩》其五、其七、其九、其十四，此寫田園生活悅樂的一面：《飲酒詩》其十六、〈雜詩〉其九、《有會而作》等寫田園生活的孤獨、寂寞或艱困。（四）描寫農事的詩，如《庚戌歲九月中於西田穫早稻》、《丙辰歲八月中於下選田舍穫》、〈擬古〉其八、〈歸園田居〉其一。（五）寫田園景色的詩，如〈歸園田居〉其二、其三、《擬古》其三、〈讀山海經〉其一、〈和胡西曹示顧賊曹〉、〈和郭主簿〉其二、《於王撫軍坐送客》。[12]

張應斌〈陶淵明的農業文學〉[13]一文，分成兩類：（一）田園抒情詩，又分兩小類，第一類作品主要有〈歸園田居五

---

[11] 張應斌：〈周代的農業文學（上篇）〉《嘉應大學學報（哲學社會科學）》1995 年第 4 期，頁 86-92。張應斌：〈周代的農業文學（下篇）〉，《嘉應大學學報（社會科學）》，1996 年第 2 期，頁 40-47。

[12] 洪順隆：〈田園詩論（二）——由《詩經》到陶淵明暨其餘響看「田園時」的發展及其特色》，《華學月刊》第 102 期（1980.6），頁 47-56。

[13] 張應斌：〈陶淵明的農業文學〉，《湛江師範學院學報（哲學社會科學版）》第 17 卷第 4 期（1996.12），頁 14-18。

首〉和〈歸去來兮辭〉，第二類是具體地描寫他歸田中期的田間勞動的詩歌。（二）田園理想文學，集中表現在《桃花源詩并記》[14]中，早在〈桃花源詩并記〉之前，他已多次寫到理想的農業社會，在〈勸農〉中已有了農業理想國的影子，在其他詩文中則有「東戶時」、「羲皇上人」、「無懷氏」、「葛天氏」等太古盛世的社會，這都是胎息桃花源的思想資料和心理情感基礎。

洪順隆的分類較繁，張應斌的分類較簡，然張氏把〈桃花源詩并記〉視為田園理想文學，洪氏則未將其納入田園詩。綜合洪、張二家，陶淵明的田園詩（或農業文學）已能涵蓋大部分，但仍有補充的餘地。

陶淵明的田園詩繼承《詩經》民眾的農事詩部分。〈豳風·七月〉堪稱為詩歌版的農民曆，描寫農民一年四季的勞動過程和生活情況。崔述說：「讀〈七月〉，如入桃源之中，衣冠樸古，天真爛漫，熙熙乎太古也。」[15]滕志賢說：「本詩通篇鋪陳，以月令為經，衣食為緯，縱橫交錯，天時、人事、百

---

[14] 到底是〈桃花源詩并記〉，還是〈桃花源記并詩〉？以及〈記〉與《詩〉之關係如何？歷來眾說紛紜，莫衷一是。鄭文惠說：「將兩者連並而觀〈記〉與〈詩〉之形式結構雖不同，但內在深層之意義結構與美感結構實具一體化之同構關係，兩者實不宜獨立分看：若獨立分看，便無法掌握其透過不同文類對話脈絡所逼顯、建構之『樂園式』之『典型環境』—桃花源」因此，鄭氏從形式結構的對話性關係與意義結構的共構性關係，論述〈記〉、〈詩〉一體化之結構。見鄭文惠：〈新形式典範的重構——陶淵明〈桃花源記并詩〉〉新探，《世變與創化－漢唐、唐宋轉換期之文藝現象》（台北：中央研究院中國文哲研究所，2000），頁 259-300。

[15] 此處引自程俊英、蔣見元著：《詩經注析（上冊）》（北京：中華書局，1991），頁 407。

物、政令等無所不賅，展現了廣闊生動的社會生活。詩人拙中藏工，樸中見妙，雖以白描鋪敘為主，亦間感物抒情，然神行無跡，真自然天籟。」[16]陶淵明田園詩中以〈勸農〉、〈歸園田居五首〉最具〈豳風・七月〉的「四季結構」(或「四季原型」)。〈勸農〉：

> 悠悠上古，厥初生民。傲然自足，抱樸含真。智巧既萌，資待靡因。誰其贍之，實賴哲人。
>
> 哲人伊何，時惟后稷。贍之伊何，實曰播植。舜既躬耕，禹亦稼穡。遠若周典，八政始食。
>
> 熙熙令德，猗猗原陸。卉木繁榮，和風清穆。紛紛士女，趨時競逐。桑婦宵興，農夫野宿。
>
> 氣節易過，和澤難久。冀缺攜儷，沮溺結耦。相彼賢達，猶勤壟畝。矧伊眾庶，曳裾拱手。
>
> 民生在勤，勤則不匱。宴安自逸，歲暮奚冀？儋石不儲，饑寒交至。顧余儔列，能不懷愧。
>
> 孔耽道德，樊須是鄙。董樂琴書，田園不履。若能超然，投跡高軌。敢不斂衽，敬讚德美。[17]

對〈勸農〉詩作結構分析，可以發現此詩以農耕儀式為中心，再配以一套神話敘述組織而成：

---

[16] 滕志賢注釋：《新譯詩經讀本(上)》(台北：三民書局，2006)，頁 417。
[17] 龔斌校箋：《陶淵明集校箋》(台北：里仁書局，2007)，頁 38-39。

主題	典故	神話原型
一章：黃金時代		春
二章：文化英雄	后稷、禹舜	夏
三章：春遊		中間模式
四章：農耕	冀缺、沮溺	
五章：歲暮、諷諭		秋
六章：讀書、超越	孔子、董仲舒	冬[18]

〈勸農〉詩由儀式和神話相互配合而成，就像英國神話與儀式學派（Myth and Ritual School）所主張的一樣，它像是原始民族口頭文學的遺存[19]，只是它已受到上層文化的影響而採用了《詩經》的四言詩形式。設若如此，這種深層結構的停滯性是令人驚異的，它跨越遙遠的年代從文雅的形式中冒現出來。觀察六章的押韻：平（真）——入（職）——入（屋）——上（有）——去（寘）——上（紙），如果將「中間儀式」的二章省去，則呈現平——入——去——上四聲更迭的轉換，正符合春夏秋冬的四季情緒。中間二章包含「春遊」及「農耕」二部分。其餘四章呈現清楚的四季意識，這是陶淵明一系列類似結構的端點。[20]〈勸農〉詩與〈豳風·七月〉都呈現「四季結構」或「四季原型」，不過，〈豳風·七

[18] 楊玉成：〈鄉村共同體：陶淵明〈勸農〉詩〉，《大陸雜誌》第 90 卷 3 期，頁 25。

[19] 當時的村落仍殘存著口傳文學的文化，許多志怪小說就是如此的產物，宮川尚志曾舉出「村中世代流傳著關於村落起源的口碑」及「圍繞村里存在的古墓，有許多傳說和故事」數例，見宮川尚志：〈六朝時代的村〉，收入《日本學者研究中國史論著選譯》，卷四，頁 91-92。

[20] 楊玉成從鄉村組織、儀式與神話、四季結構論述〈勸農〉詩，見同注 18，頁 22-33。

月〉尚有「田畯至喜」、「女心傷悲」的抒情詩句，〈勸農〉則多勸勉之意，這或許與陶淵明在鄉村共同體中可能擔任鄉里教師的職務有關。[21]

〈歸園田居〉的結構與傳萊的「四季原型」十分吻合，其說如下：[22]

1. 黎明，春與生之局面：關於英雄誕生，關於再生與復活，關於創造（因四面形成一循環），以及有關擊敗黑暗、嚴冬與死亡之神話。附屬角色：父與母。傳奇與大多數狂放不羈的詩歌之原型。

2. 天頂，夏與婚姻或勝利之局面：關於膜拜，關於神聖姻緣，和關於昇入天國之神話。附屬角色：伴侶和新娘。喜劇、田園詩與牧歌之原型。

3. 日落，秋與死之局面：關於衰落，關於垂死之神，關於壯烈之死與犧牲，以及關於英雄的遺世孤立之神話。附屬角色：
背叛者與海妖。悲劇與輓歌之原型。

4. 黑暗，冬與毀滅之局面：關於此等惡勢力之得逞的神話，以及有關洪水和混沌復臨，關於英雄敗北與神明式微之神話。附屬角色：食人巨妖與女巫。嘲諷文學之原型。

[21] 陶淵明可能擔任鄉里教師的職務，相關論述請參注 18，頁 24。
[22] 傳萊：〈文學的原型〉，《中外文學》6 卷 10 期，1978，頁 59。

〈歸園田居〉五首[23]，除第三首係中間轉折，其餘四首都非常符合四季感知。魏正申說：「這是陶令歸田後近一年的生活寫照，……五首詩按時間順序寫來，……春來的開荒廣土，夏季的南山鋤豆，秋天的收穫，……」[24]楊玉成援引傅萊的「四季原型」觀點，分析說：

> 第一首歸返田園，是英雄（主人公）的誕生，一個烏托邦樂園（桃花源）的創造，洋溢春之氣息（桃李）。第二首就像夏季，是英雄的擴張（我土日已廣），隱含緊張感。第三首是中間轉折，寧靜澄明，各種力量達到平衡。第四首以死亡（死沒無復餘）、城市毀滅（一世異朝市）為主題，死亡傳統上屬於秋季，是悲劇和回憶的季節。第五首進入黑暗的冬季（深夜），毀滅的狀態，然而也展現新生的契機，苦中作樂，開啟另一個循環。在意象方面，喜劇和悲劇的對比也暗含傅萊之說：在喜劇中「人類」世界是友誼的世界（披草共來往），「動物」則是家畜（狗吠雞鳴），「植物」是庭園的榆柳桃李，「礦物」是神聖的建築（方宅、草屋、田園中心），「未成形」的世界是道路，一條歸鄉之路。在悲劇中，相反的「人類」是孤獨的死者，昔人居住的丘壟，「植物」是荒野外的荊棘、朽株，「礦物」則是墳墓、廢墟，「未成形」的世界則變成荊棘之路。這些意象對比非常明顯，在組詩中有規律的分布著，自成一個象徵系統。[25]

---

[23] 同注 17，頁 82-93。文長不具引。

[24] 魏正申：《陶淵明集譯注》（北京：文津，1994），頁 184。

[25] 楊玉成：《田園組曲：論陶淵明《歸園田居》五首》，《國文學誌》第四期，頁 226-227。

五首詩的押韻、情緒、意象（如道路）都呈現規律的分布，這些因素表列如下：[26]

	季節	情緒	押韻	空間意象	路
1.	春	喜	刪（平）：悠揚	屋室	歸路
2.	夏	怒（恐）	養（上）：擴張	田園	三徑
3.	中心	願	微（平）：平衡	山中	林中路
4.	秋	哀	虞（平）：收斂	廢墟墳墓	荊榛之路
5.	冬	樂	沃（入）：頓挫	回歸	山路

經由楊玉成的分析論證，《歸園田居》五首的「四季原型」，昭然若揭。我們看看〈七月〉詩，它的次序沒有系統，雖然也呈現四季結構，但是卻很混亂。程俊英、蔣見元說：

> 〈七月〉的章法，不少前賢苦心孤詣地加以探尋，卻始終未能歸於一說。這個事實，不正能從反面證明，它其實並沒有甚麼奇妙的章法嗎？如果我們明白，〈七月〉起於古代詩歌發展的萌芽期，中經民間口頭流傳，最後由太師整理成篇，就不難理解這種各章參差錯互、頭緒不易捉摸的現象了。[27]

[26] 同前注，頁 227。
[27] 同注 15。

「這樣一篇規模宏大的農事詩，決不是哪一個天才所能成就，必然有一個積年累月的流傳過程。」[28]因為如此，造成〈七月〉無章法可尋的情形。陶淵明的〈歸園田居〉五首，脈絡分明，似乎是精心布局安排，而且抒情性、哲理性也增強了。從此處，我們看到了陶淵明對《詩經》的接受與發展。

《詩經・王風・君子于役》是一首思婦懷人的詩，其中「雞棲于塒，日之夕矣，羊牛下來。」及「雞棲于桀，日之夕矣，羊牛下括。」的黃昏意象最富田園牧歌情調。許瑤光有〈再讀詩經四十二首〉，第十四首云：「雞棲于桀下牛羊，饑渴縈懷對夕陽。已啟唐人閨怨句，最難消遣是昏黃。」可作此詩最好的註腳。錢鍾書《管錐編（第一冊）》針對〈君子于役〉一詩，陳述了一段「暝色起春愁」的接受史。[29]但陶淵明詩歌中的黃昏意象不是這種「冷落黃昏」，而是「明麗黃昏」。[30]〈歸園田居〉第一首）：「曖曖遠人村，依依墟里煙。狗吠深巷中，雞鳴桑樹顛。」這是對鄉村黃昏美景的審美感受。〈歸園田居第三首〉：「晨興理荒穢，帶月荷鋤歸。道狹草木長，夕露霑我衣，衣霑不足惜，但使願無違。」這是勞動後的喜悅和快樂。《飲酒詩二十首》：「山氣日夕佳，飛鳥相與還。」、「日入群動息，歸鳥趨林鳴。」〈歸鳥四章〉：「日夕氣清，悠然其懷。」這是與大自然融為一體的悠然情懷。海德格爾在

---

28 同注 15，頁 406。

29 錢鍾書《管錐編（第一冊）》（台北：書林出版社，1990），頁 100-102。

30 盧林錦：《淺析中國古典詩詞中黃昏意象的審美內蘊）,《現代語文（文學研究 30 版）》2006 年 1 期，頁 36-37。「冷落黃昏」如《詩經・邶風・式微》及《詩經・王風・君子于役》及遲暮嘆老，傷時要國之詩。「明麗黃昏」如「老牛自知夕陽晚，不用揚鞭自奮蹄」及劉禹錫「莫道桑榆晚，餘霞尚滿天」的豪情。陶淵明田園暮歸的閒適恬淡也是一種「明麗黃昏」。

《荷爾德林詩的闡釋》中，特意從荷爾德林的詩歌中摘出如下詩句：「充滿勞績，然而人詩意地／棲居在這片大地上。」[31]正可與陶詩相印證。

海德格爾「詩意棲居的維度」，可展開如下。「大道是不顯眼的東西中最不顯眼的，是質樸的東西中最質樸的，是切近的東西中最切近的，是遙遠的東西中最遙遠的，我們終有一死的人終身棲留於其中。」[32]「經驗某事意味著：在途中，在一條道路上去獲得某事。從某事上取得一種經驗意謂：這個某事——我們為了獲得它而正在通向它的途中——關涉於我們本身、與我們照面、要求我們，因為它把我們轉變而達乎其本身。」[33]「切近使近鄰關係發生這是何等的一種近鄰關係？這是詩與思的近鄰關係，詩與思作為道說的兩種本真方式而居於道說之中。……。或許能夠喚起這樣一種經驗：一切凝神之思都是詩，而一切詩都是思。」詩與思在道說中棲居、運行、「相互面對」。[34]首先，「詩意地棲居」是一種「讓棲居」，海德格爾說：「人詩意地棲居……，作詩才首先讓一種棲居成為居。作詩是本真的讓棲居。」[35]在海德格爾看來，作詩與棲居並非兩個外在的、彼此獨立的東西，並非先是棲居，爾後「詩意只是棲居的裝飾品和附加物。」而是作詩參

---

[31] 海德格爾著，孫周興譯：《荷爾德林詩的闡釋》（北京：商務印書館、2000），頁 36。

[32] 海德格爾《在通向語言的途中》（北京：商務印書館，1997），此處轉引自高靖生：〈走向「大道之說」：詩意棲居的維度－對海德格爾「大道」的釋讀〉，《湘潭師範學院學報（社會科學版）27：1》（2005.1），頁 13。

[33] 同前注。

[34] 同前注，頁 14。

[35] 海德格爾著，孫周興選編：《海德格爾選集》（上海：上海三聯書店，1996），頁 465。

與到棲居，並使棲居成其為棲居，故謂「讓棲居」。[36]其次，「詩意地棲居」意味著切近物之本質而居。人之棲居有許多種，譬如有海德格爾所描述的現代技術文明中人由於勞作而倍受折磨，由於追逐功利而不得安寧的棲居。但惟有作詩，才讓人之棲居切近物之本質，成為人之本真的棲居。[37]海德格爾在《荷爾德林和詩的本質》中談到：「詩意地棲居意味：置身於諸神的當前之中，受到物之本質切近的震顫。」[38]海德格爾的「物」是天、地、人、神的聚集。「物之本質」就是指這種聚集。海德格爾關於荷爾德林詩的闡釋開顯了詩的存在論意義，詩並不是外在於人的存在的另一端，而是人的存在本身，並且從其方式、語言等來看，它還是人最為本真的存在。[39]

學界援引荷爾德林詩句及海德格爾的闡釋以論陶淵明者不少。「人是誰？人是必須為其所是提供見證者。」海德格爾在《詩人何為》中說：「在這貧瘠的時代作為一個詩人意味著：以為詩的方式尋索諸神遁走留下的蹤跡……詩人在世界暗夜的時代裏道說神祇。」王剛以為，陶淵明用自己的歸隱田園人生實踐為自己的生存意義提供了見證者，而陶淵明的哲思無疑是其靜穆人生豐富內涵的根源。王剛認為，陶淵明以自然、順化、玄心、洞見「在哲思中棲居」，以平淡、沖和、深情、和諧「在詩意中棲居」。[40]彭曉芸以為，陶淵明的詩意

---

[36] 毛萍：〈何謂詩意地棲居－兼論詩的存在論意義〉，《廣東社會科學》2007 年第 3 期，頁 76。

[37] 同前注，頁 7。

[38] 同注 31，頁 46。

[39] 同注 36，頁 78-79。

[40] 王剛：〈在哲思與詩意中棲居－論陶淵明靜穆人生理想及實踐的內涵〉，《現代語文》（文學研究版）2008 年 5 期，頁 6-8。

棲居，可分為：(一)詩人之居：戶庭無塵染。陶淵明詩文中，諸如〈歸園田居五首〉、〈移居二首〉、〈還舊居〉、〈九日閒居〉等，皆以描述詩人的「身體之居」、「田園之樂」為主題，而且多數田園詩，也是圍繞「身體之居」展現了詩人安適之樂。其中〈歸園田居其一〉是陶淵明最集中地描述他的生活環境的一首詩。(二)詩人心靈之居：適度逍遙。陶淵明對於「居」的理解和要求，更重要的是生命歷程中不斷追尋愜意、高妙的心靈之居，是「結廬在人境，而無車馬喧」，「問君何能爾，心遠地自偏。」陶淵明享受著「晨興理荒穢，帶月荷鋤歸」的田園之趣，以身體的勞作營造其為「民」的種種意趣和與自然親近的歸田之樂。儒家的「君子固窮」與道家的「逍遙」集結於陶淵明的田園，輔以「酒」與「菊」，生成一團詩意的氤氳之氣，陶冶出陶淵明的詩性品格。[41]鍾文華〈詩意地棲居與創作〉[42]一文不論陶淵明，但其中有些論點亦可印證在陶淵明身上。「詩意地棲居就是要深刻地『體驗』。因為通過邏輯的推理和引導，思維不能接觸到存在的最深處，不能夠認識存在、改變存在，對萬物的本質不能借諸知識與認識去測量，而是要以生命去感受，去體驗，」[43]陶淵明的出仕及歸隱同是用生命去感受，去體驗，不過歸隱田園讓他得到任真自然的閒趣，透過躬耕，陶淵明在大地上寫詩，陶淵明是中國詩歌史上第一個躬耕詩人。「詩是人類心靈的秘密和失血，一種絕對的寧謐，融入大地四季宇宙法則，才能窺視到那個神秘的

---

[41] 彭曉芸：〈詩人何以「居」？——試論陶淵明的詩意棲居〉，《佛山科學技術學院學報》(社會科學版) 24：2 (2006.3)，頁 22-25。

[42] 鍾文華：〈詩意地棲居與創作〉，《天中學刊》20：4 (2005.8)，頁 102-105。

[43] 同前注，頁 103。

世界，你千方百計用語言的網撈上來的只不過是神秘世界河流中的一些渣滓。」[44]「融入大地四季宇宙法則」一句最具警策，前文引楊玉成說詮釋〈歸園田居五首〉最具此義。「口語化的語言樸實真切，自然流暢，生動上口，通俗易懂，親切而不媚俗、自然而不隨意，它是要把最高級的東西最通俗地表達出來，清新、活潑、靈活和自然。」[45]陶詩質樸似田家語，但「質而實綺，癯而實腴。」平淡中有真味，沖和中有深意。「詩意地棲居」是詩與思的交融對話，是代大道言說，是聚集天、地、人、神，是「充滿勞績」的營造，人生就是詩，詩就是人生，是勞作，是參與大地，是親近周邊，詩與人生都具有了存在論的意義。

廖美玉針對「歸田」主題的研究，得出這樣的論點：反金玉情結、反香草情結、反京城情結、位置感的認定、自然生態的書寫、多元族群的交融。[46]廖氏的研究規模宏大，其中多引陶淵明詩文論證。這位「質而實綺，癯而實腴」的田園詩宗師有一種「去中心化」的傾向，他孤獨而自由自在地詩意地棲居在這片大地上。

第三節　從「樂土」到「桃花源」

《詩經》的「樂土」意象出自於〈魏風・碩鼠〉：

---

44 螻冢：〈神性寫作〉〔DB/OL〕www.0793.cn/yc14/plshenxing01htm-298k-2004-08-01。

45 同注 42，頁 104。

46 廖美玉〈陶潛「歸田」所開啟的生態視野與多元族群觀〉，《回車：中古詩人的生命印記》（台北：里仁書局，2007），頁 155-197。

> 碩鼠碩鼠，無食我黍。三歲貫女，莫我肯顧。逝將去女，適彼樂土。樂土樂土，爰得我所。
>
> 碩鼠碩鼠，無食我麥。三歲貫女，莫我肯德。逝將去女，適彼樂國。樂國樂國，爰得我直。
>
> 碩鼠碩鼠，無食我苗。三歲貫女，莫我肯勞。逝將去女，適彼樂郊。樂郊樂郊，誰之永號？

《詩序》云：「〈碩鼠〉，刺重斂也。國人刺其君重斂，蠶食於民，不修其政，貪而畏人，若大鼠也。」三家詩以為「履畝稅而〈碩鼠〉作。」歷代學者對於詩中「抗議剝削」的主題詮釋大致趨同。[47]學界關於此詩的研究，以陳惠齡最具新意，他說：

> 《詩經・碩鼠》中的「樂土」意象，首先是以理想家園的模本浮現。諾思羅普・弗萊在《批評的剖析》中曾將人類所嚮往的種種現實，在人類文明創造中所呈現的各種形式，稱之為「神啟式的世界」，即植物世界、動物世界，以及以城市代表的礦物世界三種形式[48]，準此，〈碩鼠〉中的樂土意象或亦可剖析為以黍、麥為主

[47] 關於〈碩鼠〉的歷代詮釋概況，可參陳子展：《詩三百解題》（上海：復旦大學出版社，2001），頁 411-414。

[48] 弗萊所言「神啟式的世界」乃是宗教中所謂的天堂，除了神的世界、人的世界外，在神啟意象（apocalyptic imagery）的基本規則下，為我們展現的有人類創造和理想所施加於植物世界的形成，如花園、農場、叢林、公園等等：動物世界裏人化的形式，是經過馴養的種種動物（如羊等）：礦物世界的人化形式是城市，即人類通過勞動將石塊轉變的形式。見《批評的剖析》（天津：百花文藝，2002），頁 158。

> 的植物世界，和一處免於苛政迫害，能擁有美善政治環境和社會條件，以樂土、樂國和樂郊為代表的安居世界。詩中雖無憬然的動物世界意象，然在初民農業社會中以黍苗為主體的植物世界裏，自不乏有馴養動物（如牛羊之類的耕牧家禽），而「碩鼠」在此便是以「非馴養的動物」，亦即是與「神啟」象徵悖逆的「魔怪」意象，來呈現願望與理想徹底遭到否定的世界。故而總結〈碩鼠〉一詩的樂土意象，即是以守護黍麥稼物為主的植物世界和遠離非馴養之物（碩鼠）的動物世界，以及砌築理想家園的礦物世界，所建構的一組有機的隱喻。[49]

《詩經·碩鼠》中樂土意象的文化意蘊，則有民間正聲－黑暗現實的否定、主體覺醒－生命價值的自悟、歷史寫真－農耕文明的投影、構築家園－生活願景的追尋。[50]在陳陳相因的〈碩鼠〉接受史中，陳惠齡的研究令人耳目一新，開拓了新的研究視野。

《詩經》中另有「樂園」意象，（小雅·鶴鳴）：

> 鶴鳴於九臯，聲聞于野。魚潛在淵，或在于渚。樂彼之園，爰有樹檀，其下維蘀。它山之石，可以為錯。
>
> 鶴鳴於九臯，聲聞于天。魚在于渚，或潛在淵。樂彼之園，爰有樹檀，其下維榖。它山之石，可以攻玉。

---

[49] 陳惠齡：《永遠的烏托邦－－論《詩經·碩鼠》中樂土意象的生成機制及其文化意蘊〉，《經學研究集刊》第 2 期，2006.10，頁 250-251。
[50] 同前注，頁 254-262。

《詩序》云：「〈鶴鳴〉，誨宣王也。」《鄭箋》申之曰：「教宣王求賢人之未仕者。」三家詩則解釋為招隱，程朱則以義理說之。[51]陳子展獨異眾說，他說：

> 〈鶴鳴〉，像是一篇〈小園賦〉，為後世田園山水一派詩的濫觴。這個小園頗有湖山之勝。園外鄰湖，鶴鳴魚躍。園中檀構成林，落葉滿地。其旁有山，石可以攻錯美玉。一氣說來，意思貫注。詩中所有，如是而已。倘說有賢者隱居其間，那只是詩的言外之意。[52]

陳子展之言可備一說。歷史文化的積澱，把〈鶴鳴〉導向隱逸的說解，園林常是隱士居身之所，這樣的比興聯想，亦非無因。陶淵明的〈桃花源記并詩〉基本上與〈碩鼠〉的「樂土」較有關，但〈鶴鳴〉中的「樂園」園林也常是陶淵明詩意棲居之所。吳仁杰《陶靖節先生年譜》考訂說：「(陶淵明)在晉名淵明字元亮，在宋則更名潛。」[53]陶淵明的改名，很可能取意於〈鶴鳴〉。「池魚思故淵」(〈歸園田居五首〉之一)，其取意正可為〈鶴鳴〉「魚潛在淵」作一注腳。淵明另有「靜念園林好，人間良可辭。」的句子，這些都可看出與〈鶴鳴〉詩的關係。[54]

陶淵明所建構的「樂土」叫「桃花源」。梁啟超（1873-1929）說：

---

[51] 關於〈鶴鳴〉的接受史概況，可參同注 47，頁 690-694。

[52] 同前注，頁 690。

[53] 吳仁杰：《陶靖節先生年譜》：「(文帝元嘉）三年丙寅」，參許逸民校輯《陶淵明年譜》(北京：中華書局，1986)，頁 25。

[54] 見同注 7，頁 297。

> 這篇記（按：指〈桃花源記〉）可以說是唐以前第一篇小說，在文學史上算是極有價值的創作。至於這篇文的內容，我想起他一個名叫東方的 Utopia（烏托邦），所描寫的是一個極自由極平等之愛的社會。荀子所謂「美善相樂」，惟此足以當之。[55]

梁啟超是第一個把桃花源稱作烏托邦的學者，不過，他在前面加了一個「東方的」限制詞。

「烏托邦（utopia）一詞是摩爾首創，希臘原文的兩個字根有互相矛盾的雙重意義：一為『樂土美地』（eu-topia），一為『烏有之邦』（ou-topia）。摩爾的用意在呈現烏托邦的辯證本質：它是一個無法實現的理想國度。這層弔詭以不同的手法出現在《烏托邦》全書。摩爾以柏拉圖的《理想國》（The Republic）為雛形，取其小國寡民、階級分工和公有財產的理念，另外融合亞里斯多德在《政治學》（Politics）書中所揄揚的『公民道德』（個人的群體義務，有別於私人操守），在《烏托邦》中構築一個非基督教、共產的城邦國，以理性為治國的上綱原則。但是《烏托邦》不只是哲學與政治學的思辯。摩爾的人文主義學養亦崇尚文學，是以加入文學性的虛構，將抽象的理念納入當時盛行的旅行文學的敘事框架，假託一名老水手拉斐爾·希適婁岱（Raphael Hiythloday）的海外見聞，勾勒烏托邦的典章制度。」「烏托邦倡議行為規範、集體生活、公民教育和肅穆的宗教信仰。」[56]

---

55 梁啟超：《陶淵明》（台北：台灣商務，1996），頁 32。

56 宋美瑋：〈譯序：湯馬斯·摩爾的世界與視界〉，湯馬斯·摩爾（Thomas More）著，宋美瑋譯著：（烏托邦》（台北：聯經出版社，2003），頁 iii，xi-xii。

烏托邦與樂園神話有雜糅重疊之處，樂園神話更是頻繁出入於烏托邦敘述之中，然而兩者精神判然有別，不可混為一談，張惠娟〈樂園神話與烏托邦－兼論中國烏托邦文學的認定問題〉一文，即精要地爬梳兩者間千絲萬縷的糾纏：

> 二者雖皆憧憬一美好世界，然而樂園神話所呈現的，是一個「靜態（static）的面貌——一個「凝滯的一點」（a fixed point），一個「絕對的事實」（an absolute reality）。反之，烏托邦的基本風貌，是「動態」（dynamic）的——一個理想與現實交織、美好與醜惡交融所構築的一個活潑的園地。……烏托邦是一個介乎社會「現實（facts）與社會「虛構」（fiction）之間此一兼顧「現實」和「虛構」的特色，正是樂園神話付諸闕如的。……與烏托邦風貌有別的，是樂園神話一意規避現實，沉緬於虛構的理想世界中。其所架構的自足（self-sufficient）而封閉的體系裏，所有屬於現實的一切不快和缺失全遭摒棄，而呈現出一幅永恆、完美的靜態畫面。其基本精神是隱遁、出世的，自與烏托邦的積極、入世大不相同。[57]

張文釐清烏托邦所獨具和現實情境形成辯證關係的「門檻」藝術，不同於無涉凡囂俗塵的樂園，因而歸結西方樂園和烏托邦有靜態／虛構、動態／現實的形態區隔。若依此論，則中國先秦時期的典籍如《山海經》中有關沃土佳壤、美物

[57] 張惠娟：〈樂園神話與烏托邦－兼論中國烏托邦文學的認定問題〉，《中外文學》第 15 卷第 3 期，頁 80-81。

勝景的描繪[58]，即切近所謂的「樂園情結」，這些樂土美物基本上乃寄託著耕稼民族對物華天寶、豐衣足食、風調雨順、人傑地靈的想望。[59]至於《詩經‧碩鼠》中的「樂土」意識，既作為力耕者對於匱乏和困苦的反動思緒，已非「不織而衣，不耕而食」的「原初的美妙」式樂園情結[60]，而是不斷重構的，充滿生命動能的精神華園，基本上較趨向「理性、未來的烏托邦」。[61]唯〈碩鼠〉中的樂土，雖近似樸素而簡化的「中國式烏托邦」雛型，然詩中「適彼樂土（樂國）（樂邦）」所透顯追求行動之預告，亦不乏有「退避遠離」的消極幻想。[62]

張惠娟立論之根據，根基於西方宗教、文學的文化脈絡，並不能完全適用於中國文化脈絡中的烏托邦（樂園）文本，不過仍有加以相互比對、參照的價值。胡萬川說：「在世界各地，從口傳（或已整理記錄）神話，到以文字表達政治、文學寓言，隨處可見關於樂園、樂土一類的敘述或記載。其中相互類似的觀念，以中文的用語來說，除樂園、樂土而外，

---

[58] 〔晉〕郭璞注、〔清〕郝懿行箋疏：《山海經箋疏》（台北：台灣中華書局，1966）。

[59] 參見蕭兵：〈山海經的樂園情結〉一文所言《山海經》以「衣食」為核心之耕稼文化的「樂園」論述要點。載《淮陰師專學報〉第19卷（1997年第4期）。

[60] 「原初的美妙」（perfection of beginnings）乃指典型的伊甸園式樂園，如（舊約‧創世紀》所言「地裏要長出荊棘和蒺藜，你要以田裏穀物和蔬食為食。你只有汗流滿面才得餬口，直到你歸了土」，則非原初的美妙。

[61] 楊小定認為中國烏托邦可以分為「理性、未來的烏托邦」、「原始、簡樸的烏托邦」、以及「超塵、神聖的烏托邦」。見 Utopian Tradition in Chinese Literature: A Sampling Study, DISS. National Taiwan Univ., pp67-87, pp95-106。

[62] 同注 49，頁 246-247。

還有黃金時代、天堂、仙鄉、極樂世界、烏托邦、理想國、桃花源等等，再擴大一點來說，甚至大同世界、堯天舜日、上帝城、千禧年等，不論它們原本是本土的，或是經過不同時期從外地傳譯來的，在某些層面的意義上，都有相通之處——都是想像中一個美好快樂的地方，或一個時代。」[63]賴錫三將上述種種加以歸納，區分為神話宗教性的樂園與歷史政治性的樂園兩大類。[64]就陶淵明作品中所呈現的類似觀念，胡、賴二氏上述所說還不能包羅殆盡，比如：東戶季子、羲皇上人、羲農、赫胥氏、無懷氏、葛天氏、黃虞等。

有關陶淵明〈桃花源記並詩〉的研究，可謂汗牛充棟，更僕難數，各有著重，各有創發。本文對諸多問題皆存而不論，所關心著在各家對「桃花源」究為何種性質的社會（或村落、或「共同體」）的論述。

賴錫三說：

> 陶淵明不但要避開秦的政治暴力，他更要桃花源從此超越了改朝換代的歷史苦難。所以他要特別強調桃源中人，那種超歷史的特殊時間觀：「問今是何世，乃不知有漢，無論魏、晉。」換言之，桃花源的時間不是政治年號的紀曆時間，因為它超越了秦、漢、魏這些歷史符號的標籤，也解放了「過、現、未」的歷史直線時間觀，還原回可以不斷「永恆回歸」的自然時間、

---

[63] 胡萬川：《真實與虛構－神話傳說探微》（新竹：國立清華大學出版社，2004），頁 43。

[64] 賴錫三：〈〈桃花源記並詩〉的神話、心理學詮釋——陶淵明的道家式「樂園」新探〉，《中國文哲研究集刊》第 32 期，2008.3，頁 26。

> 神話時間、圓形時間。所謂自然、神話時間，基本上是無名而循環的時間觀，它不但不是過、現、未的朝代更替直線時間觀，它反而是以自然大地為中心，讓生命在春、夏、秋、冬的節氣韻律中，圍繞大地而週始循環。其間，時間不斷在永恆回歸中反覆循環，而人和萬物也從中得到了安祥的韻律和更新的契機。……。「雖無紀歷誌，四時自成歲。」顯然「紀歷誌」便是歷史時間；而超越了歷史直線時間不但不是虛無，反而回到了「四時自成歲」的自然圓型時間。[65]

賴錫三以為，桃花源非政治烏托邦、非宗教仙境，而是「自然物自身樂園」，具有人間性、真實性、自然性、田園土地性等等。陶淵明並非要桃源樂土從此絕跡，之所以造成「後遂無問津者」，其實並非自然樂園關閉不開，而是人們心地的迷悟問題。若是素心人，加上心地相契，那麼陶氏的自然物自身樂園恐怕只在當下，只在自然田園那平時喜樂的人間生活之清安而已。所以陶淵明要在〈桃花源詩〉中的最後一句，仍要鼓勵行者：「願言躡清風，高舉尋吾契。」重點仍在於有無淡泊人世的清風心願，能否與淵明的心中樂園相契不二。這應該不是匱乏或放逐[66]，而是召喚和期待了。陶淵明承繼自老莊的物自身自然樂園，賴錫三又引陳寅恪「新自然說」加以聯結，「其非名教之意僅限於不與當時政治勢力合作而而不似阮籍、劉伶輩之佯狂任誕。蓋主新自然說者不須如主舊自

---

65 同前注，頁 30。

66 廖炳惠便是這樣解讀的，廖炳惠：(《嚮往、放逐、匱缺－桃花源詩並記的美感結構〉，《解構批評論集》，頁 31-32、38。

然說之積極抵觸名教也。又新自然說不似舊自然說之養此有形之生命，或別學神仙，惟求融合精神於運化之中，即與大自然為一體。因其如此，雖無舊自然說形骸物質之滯累，自不致與周孔入世之名教說有所觸礙。故淵明之為人實外儒而內道，捨釋迦而宗天師者。」[67]賴錫三認為，陶淵明所建構的「物自身式的自然樂園」與其詩文中反映的玄學思想相符應，陳寅恪解〈形影神三首〉的玄學價值，可與之印證。[68]

賴錫三的詮釋基本上無誤，但亦應需注意「外儒而內道」的「外儒」部分及其與老莊不同之處。張亨以為，〈記〉和〈詩〉中雖然同是嚮往一個沒有政府統治的環境，卻不是道家那種「民至老死不相往來」的原始社會。如果從崇敬祖先的祭禮來看，人間的倫理關係也是被尊重的，「黃髮垂髫，並怡然自樂」，「童孺縱行歌，班白歡遊詣」也暗示一種長幼有序的社會秩序，這就不會像道家理想的原始狀態。人與人不是「老死不相往來」，而是「相命肆農耕」，在「塵囂」中「解顏勸農人……日暮相與歸。」另一個跟道家異趣的地方，是文中充滿一種平常的人情味兒。[69]

張亨認為，桃花源應可納入「最弱意義上的國家」（minimal state）。此義見於諾齊克（Robert Nozick, 1938-）《無政府、國家與烏托邦》，其說如下：

---

67 陳寅恪：〈陶淵明之思想與清談之關係〉，北京師範大學中文系等編：《陶淵明資料彙編》（北京：中華書局，2004），上冊，頁 358。
68 同注 64，頁 24-35。
69 張亨：〈〈桃花源記〉甚解〉，《鄭因百先生百歲冥誕國際學術研討會論文集》（臺北：台灣大學中文系，2005），頁 73-76。

> 最弱意義上的國家把我們看作是不可侵犯的個人——即不可被別人以某種方式用作手段、工具、器械或資源的個人；它把我們看作是擁有個人權力及尊嚴的人，通過尊重我們的權利來尊重我們；它允許我們個別的，……來選擇我們的生活，實現我們的目標，以及我們對於自己的觀念。[70]

陶淵明那種共同體式的烏托邦如此重視個人人格尊嚴：不為五斗米折腰，終生抱持「固窮節」；他的烏托邦也必然尊重人的價值，不會把人當作工具；只是在文字上他僅呈現出「邦」中人各得其所的愉悅，沒作細述而已。問題在於像傳統一樣，陶淵明沒有「權利」的觀念，不像諾齊克那種強調個人權利的不可侵犯性，作為解決政治問題的基石。他的自然「德化的」政治理想在現代複雜的社會裡是嚴重不足的。不過，這種不足並不影響他隱涵的向政治現實爭取個人自由與尊嚴的積極性，他的烏托邦理念也應該是被諾齊克所尊重，而被保留在「最弱意義的國家」裡的一種。同時，「怡然有餘樂」的生活難道不是這種國家更應該希求的嗎？[71]王安石〈桃源行〉有詩句云：「兒孫生長與世隔，雖有父子無君臣。……。重華一去寧復得，天下紛紛經幾秦！」[72]像舜那樣的純樸之世，而非秦那樣的暴政，已接近所謂的「最弱意義的國家」。

---

70 Robert Nozick, Anarchy, State and Utopia（1974）。何懷宏譯（北京：中國社會科學出版社，1991）。

71 同注 69，頁 82-83。

72 〔宋〕王安石：《王安石詩集》（臺北：廣文書局，1974）卷 4，頁 25。

蔡瑜的研究指出，桃花源雖以道家屢屢稱述的上古社會為雛型，以返璞歸真為基調，但對於此一真淳世界的想像卻更在於人倫關係。〈飲酒二十〉有謂：「羲農去我久，舉世少復真。汲汲魯中叟，彌縫使其淳」，羲農以後，真風告逝，有賴於孔子的禮樂世界彌縫使淳，則真淳之所繫正在美善的人倫關係。換言之，陶淵明以上古社會為原型所建構的桃花源理想是一個人民不受政治攖擾，人人順性適情，而自然體現的和諧社會。因此，陶淵明對於「回歸上古」的理想更在於人倫禮法的返璞歸真，而不在強調無知無欲的物質環境與茫茫昧昧的原始生活。之所以要以上古社會為模型，正因為唯有遠古時代才可能擁有這種不攖擾、不斲傷人民的政治環境，也是儒道政治理想得以交會的所在。故而，與其說桃花源是個無君的國度，不如說這是人民不會感覺到君主或政府存在的世界，因為在上者不是以由上對下的統馭方式率制人民。陶淵明融合了道家「返璞歸真」與儒家「人文化成」的精神，重新織繪出桃花源的理想。[73]蔡瑜「宛若無君的國度」一語最具警策，這與諾齊克「最弱意義的國家」很接近，又可與《老子》「太上，不知有之。」相印證。蔡瑜眼中的桃花源是一個儒道互融的社會，這個社會所開展的和諧人倫世界深具人間性，此外，它還有另一種人間性，那就是，桃花源與風土的親附。蔡瑜說：「人永遠必須從風土獲得生生之資、從風土累積祖先的經歷；在風土歷史中認識自己，也在風土之中建立文化。陶淵明安居於家鄉田園是人倫在風土中的豐美實現，桃花源之所以能成為中國人心中的樂土，也因為它展現在再

---

73 蔡瑜：〈試論陶淵明隱逸的倫理世界〉，《漢學研究》第 24 卷第 1 期（2006、6），頁 133-134。

熟悉不過的傳統農耕文化中。」[74]徐復觀曾從反面談到這個問題，〈誰賦豳風七月篇：農村的記憶〉一文中指出：

> 一個人、一個集團、一個民族，到了忘記他的土生土長，到了不能對他土生土長之地分給一滴情感，到了不能從他土生土長中吸取一滴生命的泉水，則他將忘記一切，將是對一切無情，將從任何地方都得不到真正的生命。[75]

陶淵明親附風土，從土生土長中吸取生命的泉水，從土生土長中注入情感，有情地詩意地棲居在家鄉田園。

曹山柯的研究指出，儘管陶淵明和莫爾的「玄想社會方案」揭露和抨擊了剝削階級危害人民大眾的罪惡行徑，具有偉大的歷史意義，但是他們的「玄想社會方案」卻與科學的共產主義世界觀有著本質上的區別。他們根本沒有從階級鬥爭的實踐和從社會發展的必然規律中得出共產主義的科學理論，而完全是從歷史唯心主義的社會觀出發，從廣泛解脫人民痛苦的角度提出他們的「玄想社會方案」的。只有當社會主義思想與馬克思的偉大學說結合在一起的時候，無產階級的奮鬥才會有一個明確的方向；社會主義或者科學共產主義才可能衝破玄想方案而成為人民的奮鬥目標；陶淵明和莫爾他們所幻想的一個沒有剝削、沒有壓迫、人人平等自由的，以公有制代替私有制的理想社會才可能在世界範圍內得以實

---

74 同前注，頁 135。

75 收入徐復觀：《學術與政治之間》（台北：學生書局，1980.4），頁 72。

現。[76]莫爾的烏托邦是一個廢除私有制的共產國度，陶淵明的桃花源是一個「春蠶收長絲，秋熟靡王稅」的自耕自足無稅賦的鄉村共同體，物產豐饒，人民安居樂業，而這些絕不是經由無產階級的階級鬥爭獲至的。莫爾的烏托邦經由理性的規劃設計，規模宏大，而陶淵明的桃花源則是立基於現實人間的田園世界，是一方樂土，是一個足堪自保自全的樂園，不曾有過什麼無產階級的階級鬥爭。

《詩經‧碩鼠》中的農民們不堪剝削，「用腳投票」，要投奔樂土。由於受限於詩歌形式，太過簡約，沒有設計出樂土的模樣。〈桃花源記并詩〉，一體化的結構，有了任真自得的閒適，有了融合儒道理想的內涵，素心人求之就在人間，就在田園，不是仙境，也不虛無飄渺。

如果我們用梁啟超的話來說，這就是一個「東方的烏托邦」。

第四節　結論

陶淵明作品的《詩經》淵源，決不像鍾嶸所說的那麼簡單。「其源出於應璩，又協左思風力。」主要是針對五言詩說的，鍾嶸重五言輕四言，然而陶詩確有九首四言詩，其他詩、賦、文的《詩經》淵源，亦所在多有，鍾嶸不言陶令的《詩經》淵源，後人遂有了補苴的空間。

---

[76] 曹山柯：〈莫爾和陶淵明在握手——《烏托邦》與《桃花源記》比較研究筆記〉，《長沙水電師院社會科學學報》1995 年第 3 期，頁 122。

本文不從形式論陶淵明作品對《詩經》的接受與發展，而只以田園、樂土二議題展開論證。《詩經·豳風·七月》主要影響陶淵明〈歸園田居五首〉及〈勸農〉，呈現一種「四季結構」及「四季原型」，不過陶淵明在此基礎上，更有所發展。〈王風·君子于役〉的黃昏意象影響了陶淵明的「黃昏書寫」，不過陶淵明作品中的「黃昏意象」是一種「明麗黃昏」，而不是一種「冷落黃昏」。《詩經·魏風·碩鼠》的「樂土」意象影響了桃花源的建構，使陶淵明打造了儒道互融的鄉村共同體。鍾嶸說陶淵明是「古今隱逸詩人之宗」，又說其「田家語」外尚有風華清靡。陶淵明中歲賦〈歸去來兮辭〉，開始田園的隱逸生活，而桃花源亦一田園世界，綜而觀之，田園、隱逸、樂土是三者合一的，本文不論隱逸，實則隱逸即在田園中，樂土即是隱逸所在。

第三章

魏晉南北朝《詩經》接受論
——以普通讀者為中心

第一節　前言

幾乎所有的學術史、經學史、《詩經》學史都說，魏晉南北朝是經學衰落的時代，作為經學史一部分的《詩經》學史，魏晉南北朝的《詩經》學也是衰落的。

鄺士元《中國學術思想史》以為，經說經注累數十萬言、玄言倡盛、佛理輸入、文學興盛，這些因素造成「經學之衰落」。[1]

皮錫瑞《經學歷史》說：

> 經學盛於漢；漢亡而經學衰。桓、靈之間，黨禍兩見；志士仁人，多塡牢戶，文人學士，亦扞文網，固已士氣頹喪而儒風寂寥矣。[2]

皮錫瑞又說：

> 魏、晉人所注經，準以漢人著述體例，大有逕庭，不止商、周之判。蓋一壞於三國之分鼎，再壞於五胡之亂華，雖緒論略傳，而宗風已墜矣。[3]

魏晉經學之衰，其原因在黨錮之禍、文網之密以及連年戰爭之所致。

馬宗霍《中國經學史》說：

---

[1] 鄺士元：《中國學術思想史》（臺北：里仁書局，1981 年），頁 288。
[2] 皮錫瑞：《經學歷史》（臺北：河洛圖書出版社，1974 年），頁 141。
[3] 同前註，頁 164。

江左疆理殊隘，規模不宏，人尚清談，家藏釋典，故《宋書》、《南齊書》，儒林無傳，《梁》、《陳》二書有之，其源流授受，亦莫若《魏書》、《北齊書》詳也。……。

《南史·儒林傳·序》云：「自中原橫潰，衣冠道盡，江左草創，日不暇給，以迄宋、齊，國學時或開置，而勸課未博，建之不能十年，蓋取文具而已。是時鄉里莫或開館，公卿罕通經術，朝廷大儒，獨學而弗肯養眾，後生孤陋，擁經而無所講習，大道之鬱也久矣乎！……。及陳武創業，時經喪亂，衣冠殄瘁，寇賊未寧，敦獎之方，所未遑也。天嘉以後，稍置學官，雖博延生徒，成業蓋寡。」[4]

馬宗霍上引《南史·儒林傳·序》文字可見南朝經學之沒落，《南史·儒林傳·序》尚有「魏正始以後，更尚玄虛，公卿士庶，罕通經業。」之語。[5]清談盛行、佛教普遍、疆域狹隘、戰亂頻仍，這些都導致經學的衰落。

馬宗霍《中國經學史》又說：

蓋漢人治經，以本經為主，所為傳注，皆以解經。至魏晉以來，則多以經注為主，其所申駁，皆以明注，即有自為家者，或集前人之注，少所折衷，或隱前人之注，跡同攘善，其不依舊注者，則又立意與前人為異者也。至南北朝，其所執者更不能出漢魏晉諸家之外，但守一家之注而詮釋之，或旁引諸說而證明之，

[4] 馬宗霍：《中國經學史》（臺北：台灣商務印書館，1979 年），頁 73-74。
[5] 〔唐〕李延壽：《南史》（臺北：鼎文書局，1980 年），頁 468。

名為經學，實為注學。於是傳注之體日微，義疏之體日起矣。[6]

漢人治經以「本經」為主，所為傳注，皆以解經。魏晉南北朝人則多以「經注」為主，其所申駁，皆以明注。「名為經學，實為注學。」此馬宗霍之論斷。本田成之以為，「這等之說大部分在今《毛詩正義》裏被引用，但沒有特別可取的處所」[7]。魏晉南北朝受談玄、佛學之影響，義疏之體日起，而傳注之體日微，所謂的「經注」、「注學」，少所折衷、跡同攘善，此馬氏、本田氏之所譏也。

魏晉南北朝經學中衰的原因，李威熊歸納為五項：經學過度發展的反響、漢末黨錮之禍的刺激、由於當時政局不穩定、玄談風尚的直接影響、唯美文風的負面作用。[8]林葉連歸納為六項：經學極盛而衰之必然規律、漢末黨錮之禍打擊學術界、曹魏重法輕儒之風、政局混亂與恐怖、清談與玄學盛行、唯美文風之負面作用。[9]林葉連之說多「曹魏重法輕儒之風」一項，其餘大同小異。上引諸家之說多少也談到魏晉南北朝經學中衰的種種原因。

夏傳才說：「魏晉南北朝《詩經》學的發展，可分為兩個階段：第一個階段是魏晉時代的鄭學王學之爭，爭論的中心是如何對待古文經學的家法問題；第二階段是南北朝時代的

---

[6] 同註 4，頁 85

[7] 〔日本〕本田成之：《中國經學史》（臺北：廣文書局，1979 年），頁 198。

[8] 李威熊：《中國經學發展史論（上冊）》（臺北：文史哲出版社，1988 年），頁 201-204。

[9] 林葉連：《中國歷代詩經學》（臺北：台灣學生書局，1993 年），頁 145-151。

南學北學之爭，鬥爭的中心是鄭學是否還要繼續發展的問題。」夏傳才又說：「這兩個階段所以沒有取得重大成就，是和整個經學的衰落有密切關係。」[10]

魏晉南北朝儒學衰落，眾口一聲，已成定論，但林登順有不同的看法，他說：

> 皮錫瑞《經學歷史》一書中，把魏晉視為經學中衰期，南北朝視為經學分裂期後，往後學子一提到這時期的學術文化宗教思想的發展，首要因素，一定都歸諸於儒學的衰落。儒學似已成為此時期之過街老鼠，但事實情況果真如此？……誠如馬宗霍《中國經學史・魏晉之經學》所言：「持較兩漢，得失誠未易評，然其自成為魏晉之學，則可斷言，蓋亦經學之一大變也。」似乎較為中肯。[11]

一代有一代的儒學，一代有一代的經學，一代有一代的《詩經》學，在經學領域中，魏晉南北朝的《詩經》學似乎並不足觀，但在文學及文學批評領域中，在這「文學的自覺時代」中，《詩經》學卻另有一番風貌。[12]

---

[10] 夏傳才：《詩經研究史概要（增注本）》（北京：清華大學出版社，2007年），頁 75-77。

[11] 林登順：《魏晉南北朝儒學流變之省察》（臺北：文津出版社，1996 年），頁 420-421。

[12] 魯迅在〈魏晉風度及文章與藥及酒之關係〉一文中提到：「他（曹丕）說詩賦不必寓教訓，反對當時那些寓訓勉于詩賦的見解，用近代的文學眼光來看，曹丕的一個時代可說是『文學的自覺時代』，或如近代所說是為藝術而藝術（Art for Art's Sake）的一派。」見《魯迅全集》（第三卷）（北京：人民出版社，1995 年），頁 501-529。此論一出，影響深遠，且推而廣之，判定「六朝是文學的自覺時代」。有關論述，可參黃偉倫：《魏晉文學自覺論題新探》（臺北：台灣學生書局，2006年），頁 463-470。

第二節　魏晉南北朝《詩經》接受史簡述

魏晉南北朝是文學的自覺時代，對《詩經》的有關探討也大量地集中在文學的範疇。張啟成〈論魏晉南北朝詩學觀的新突破〉一文認為，這種新詩學觀的主要特徵是，它突破了把《詩經》作為經學的束縛，主要表現在：注重學習《詩經》的寫作技巧、比興手法、修辭手法與語言之美；從詩言志到詩緣情的轉化；對《詩經》部分詩旨的新探索；論《詩經》對後世文學與文體的影響。[13]鄒然〈六朝《詩》說攬勝〉一文認為，《詩經》批評發展至魏晉南北朝時期，逐漸呈現出不同以往的新趨勢，批評者文學鑑賞和藝術審美的自覺意識得到加強，涉及更為廣泛，探討角度更為開闊，出現了摘句激賞、文體比較、手法甄別、源流探索等新的批評現象，形成一些著名範疇和命題，這在《詩經》文化史上具有較大意義，開闢了從文學角度研討《三百篇》的新途徑。鄒然此文探討了「緣情綺靡」說、「兩字窮形」說、毛詩激賞例、詩賦比較例、「為情造文」說、「事類為佐」說、「比顯興隱」說、「賦體意浮」說、國風潤陳思、小雅澤阮籍。[14]魏晉南北朝經學受玄理、佛理的影響很大，就《詩經》學而言，則向文學鑑賞、文學創作及文學批評理論傾斜。

本文將援引德國文學理論家姚斯的接受理論切入魏晉南北朝的《詩經》研究。姚斯試圖建立一種轉向讀者的文學史。他說：

---

[13] 張啟成：〈論魏晉南北朝詩學觀的新突破〉，《貴州大學學報》1997 年第 2 期，頁 63-69。

[14] 鄒然：〈六朝《詩》說攬勝〉，《江西師範大學學報（哲學社會科學版）》第 33 卷第 1 期（2000 年 2 月），頁 41-47。

> 一部文學作品的歷史生命如果沒有接受者的積極參與是不可思議的。因為只有通過讀者的傳遞過程，作品才進入一種連續性變化的經驗視野。在閱讀過程中，永遠不停地發生著從簡單接受到批評性的理解，從被動接受到主動接受，從認識審美標準到超越以往的新的生產的轉換。[15]

姚斯又說：

> 第一個讀者的理解將在一代又一代的接受之鏈上被充實和豐富，一部作品的歷史意義就是在這過程中得以確定，它的審美價值也是在這過程中得以證實。[16]

姚斯又說：

> 一部文學作品，並不是一個自身獨立、向每一個時代的每一讀者均提供同樣的觀點的客體。它不是一尊紀念碑，形而上學地展示其超時代的本質。它更多地像一部管弦樂譜，在其演奏中不斷獲得讀者新的反響，使文本從詞的物質形態中解放出來，成為一種當代的存在。[17]

接受美學認為，藝術家的創作物只能叫做「文本」(text)，必須經由讀者的參與創造，才能叫做「作品」(work)，「讀者是上帝」是接受美學的信條。而讀者的品類為何？「簡單接

---

[15] 〔德〕H.R.姚斯、〔美〕R.C.霍拉勃著、周寧、金元浦譯：《接受美學與接受理論》(瀋陽：遼寧人民出版社，1987年)，頁24。

[16] 同前註，頁25。

[17] 同前註，頁26。

受」、「被動接受」的是「普通讀者」，「批評性的理解」、「主動接受」、「認識的審美標準」的是「理想讀者」（批評家），能「超越以往的新的生產的轉換」是接受影響的「作家」（是作家同時也是讀者）。「讀者群體」包涵普通讀者、批評家及作家。

以姚斯的理論為基礎，陳文忠把接受史分成三部分。第一部分是「效果史」，陳文忠說：

> 文學的歷史不只是作家作品排列成的事件史，更主要的是作品所產生的效果史。沒有讀者的接受和持續的審美效果，作品就在實際上失去了存在的生命。因此，效果史的研究實質上是考察藝術作品實際存在的歷史形態，是認識作品怎樣存在和為什麼這樣存在。[18]

第二部分是「闡釋史」，陳文忠說：

> 闡釋史以詩評家為主體，是歷代詩評家對作品的創作根源、詩旨內涵、風格特徵、審美意義等進行分析闡釋所形成的歷史。[19]

第三部分是「影響史」，陳文忠說：

> 當一篇作品對後代作家產生了創作影響，被歷代同題同類之作反復摹仿、借鑒、翻用，就形成了它的影響

---

[18] 陳文忠：《文學美學與接受史研究》（合肥：安徽人民出版社，2008年），頁294。

[19] 同前註，頁297。

> 史。換言之，所謂影響史，就是受到藝術原型和藝術母題的影響啟發、形成文學系列的歷代作品史。[20]

「效果史」以普通讀者為主體，著重純審美的閱讀欣賞；「闡釋史」以詩評家為主體，著重理性的分析；「影響史」以詩人創作者為主體，著重創作者的接受影響和摹仿、借用、化用。普通讀者有最龐大的數量，要完成任何一部「普通讀者文學史」是絕對做不到的，他們遍佈各地，也很少留下閱讀、審美經驗的痕跡。以理想讀者（評論家）為主體的闡釋史最被重視，也是絕大部分文學批評史關注的。哈羅德·布魯姆說:「一部詩的歷史就是詩人中的強者為了廓清自己的想象空間而相互誤讀對方的詩的歷史。」[21]簡言之，一部詩的歷史就是強者詩人的影響史。效果史、闡釋史、影響史三者組成完整的接受史。

魏晉南北朝的《詩經》接受史就是由上述三部分組成的。以普通讀者為主體的魏晉南北朝《詩經》效果史，資料散在各處，史傳、詩話、文集、碑刻、類書都有它的一鱗半爪，蛛絲馬跡，然而最集中、最豐富的要推志人著述《世說新語》一書，本文將以此為中心論述之，詳下節。本文之所以以《世說新語》為探討重心，以其「普通讀者」量較為集中之故，而不是除《世說新語》之外，魏晉南北朝即無其他「普通讀者」。據本文（表二）所列，《世說新語》運用《詩經》的情況，效果史計二十九次、影響史計十四次、闡釋史計一次，以「普通讀者」為主體的效果史佔百分之六十五點九。

---

[20] 同前註，頁 301。

[21] 〔美〕哈羅德·布魯姆、徐文博譯：《影響的焦慮》（南京：江蘇教育出版社，2006 年），頁 5。

魏晉南北朝的《詩經》闡釋史，以經學家（如王肅、王基、孫毓、陳統、郭璞等）[22]、文學批評家（如劉勰《文心雕龍》、鍾嶸《詩品》）為主。經學家的著作絕大多數亡佚，孔穎達《毛詩正義》保存了一些，馬國翰《玉函山房輯佚書》也輯了一些殘本，這顯示了「《詩經》經學」之衰落，經不起時間巨人的考驗。《文心雕龍》、《詩品》則提出了不少圍繞《詩經》的理論命題，這顯示此時期「《詩經》文學」之昌盛。

魏晉南北朝的《詩經》影響史，是此時期《詩經》接受史最值得關注的領域。曹操的〈短歌行〉直接用《詩經》的句子，「青青子衿，悠悠我心。」出自《鄭風・子衿》，「呦呦鹿鳴，食野之苹。我有嘉賓，鼓瑟吹笙。」出自《小雅・鹿鳴》。嵇康的〈四言贈兄秀才入軍詩〉也用了「陟彼高岡，言刈其楚」、「言念君子，不遐有害」的《詩經》句子。其他借鑒、化用的例子，俯拾即是。葛洪《抱朴子・鈞世》說：「近者夏侯湛、潘安仁作《補亡詩》、〈白華〉、〈由庚〉、〈南陔〉、〈華黍〉之屬，諸碩儒高才之賞文者，咸以古詩三百，未有足以偶二賢之所作也。」《世說新語・文學》云：「夏侯湛作《周詩》成，示潘安仁，安仁曰：『此非徒溫雅，乃別見孝悌之性。』潘因此遂作《家風詩》。」束晳亦作有《補亡詩》六首。蕭華榮有〈補《詩》、刪《詩》、評《詩》——《詩經》接受史上的三個「異端」〉一文，登《華東師大學報》1988 年 6 期，此文陳文忠說「這是筆者迄今目遇國內學者最先以『接

---

[22] 據劉毓慶《歷代詩經著述考（先秦——元代）》（北京：中華書局，2002）所著錄，魏晉南北朝可考的《詩經》學著作有 111 種，其中解《毛詩》的著作占 109 種，只有兩種是解《韓詩》的。見頁 65-111。

受史』為標題的論文之一。」[23]把補亡詩視作《詩經》接受史上的三個「異端」之一，可見它的革命性和開創性。

魏晉南北朝的《詩經》接受史，經學的一面偏枯，重視個人主體的審美感受，借鑒《詩經》感時感物的創作方式，化用《詩經》的意境，討論圍繞著《詩經》而來的詩學範疇與命題，是這個時期「文學的自覺」的一部份。魏晉南北朝之《詩經》學，「自成為魏晉之學，亦經學之一大變也。」此大變含有濃濃的文學因素。

第三節　《世說新語》中普通讀者的《詩經》接受

魏晉南北朝《詩經》效果史的研究，以普通讀者為主體。我們要問，什麼是普通讀者？最簡單的辨別是，詩評家、經學家、詩人不是普通讀者，他們的著作和創作，屬於闡釋史和影響史的研究範圍。具體地說，經學家的生平及著作在各史〈儒林傳〉中呈現，詩人的生平及著作在各史的〈文學傳〉、〈文苑傳〉中呈現，有些經學家、詩評家、詩人的生平及著作則可在他們的本傳中呈現。此外，列入鍾嶸《詩品》中的詩人，當然不是普通讀者。辨別誰是不是普通讀者，基本上可採用上述這種「排除法」。又，普通讀者的身分多元，上自皇帝公卿，下至輿臺皂隸，不因為顯貴如帝王后妃公卿，就自動「升等」為「非普通讀者」，也不因為奴婢身分而不將之列入。

[23] 同註18，頁403。

（表一）魏晉南北朝各史〈儒林傳〉、〈文學傳〉一覽表

史書名稱	儒林傳	文學傳（或文苑傳）
三國志	無	無
晉　書	有	有〈文苑傳〉
宋　書	無	無
南齊書	無	有〈文學傳〉
梁　書	有	有〈文學傳〉
陳　書	有	有〈文學傳〉
魏　書	有	有〈文苑傳〉
周　書	有	有〈藝術傳〉
北齊書	有	有〈文苑傳〉
南　史	有	有〈文學傳〉
北　史	有	有〈文苑傳〉

就現存魏晉南北朝的各種文獻中，以《世說新語》保存最多普通讀者的《詩經》接受資料，本節即以此為中心論述之。

維吉妮亞·吳爾夫（Virginia Woolf, 1882-1941）在《普通讀者》一書中說：

> 很值得把約翰生博士〈格雷評傳〉(Life of Gray)裡的一句話特別抄寫出來：「能與普通讀者的意見不謀而合，在我是高興的事；因為，在評定詩歌榮譽的權利時，在高雅的敏感和學術之後，最終說來應該根據那未受文學偏見污損的普通讀者的常識。」這句話定義

> 了普通讀者的性質，賦予他們的讀書目的以一種神聖意味，並且使得這麼一種既要消耗大量時光，又往往看不出實效的活動，由於這位大人物的讚許而受到認可。約翰生博士心目中的普通讀者，不同於批評家和學者。他沒有那麼高的教育程度，造物主也沒有賞給他那麼大的才能。他讀書，是為了自己高興，而不是為了向別人傳授知識，也不是為了糾正別人的看法[24]

約翰生博士（Samuel Johnson, 1709-1784）是英國十八世紀的學者、作家，他的著作屬於闡釋史、影響史研究的領域，但他也重視普通讀者的意見，認為他們也有「評定詩歌榮譽的權利」。維吉妮亞·吳爾夫是英國現代作家，以小說、評論、散文蜚聲文學界，她認為，普通讀者的讀書目的有一種「神聖意味」,「為了自己高興」。在《世說新語》中，有一些普通讀者也是如此接受《詩經》的。

有關「普通讀者沒有那麼高的教育程度」一語，用在魏晉南北朝的普通讀者身上，未必允當，因為他們也許稱不上是批評家或作家，但未必只是略識之無之輩，他們有的是權貴，有的是官吏，只是人生事業不在文學、學術上而已。如果我們把它修正為:「普通讀者是一群教育程度各異，不以文學、學術、藝術為人生主要事業的讀者」就能符合魏晉南北朝的實際情況。

范子燁說:「六朝時代是詩歌藝術敷榮耀彩的時代。在這個時代裡,詩歌對其它形式的語言藝術都有不同程度的滲透。

---

[24] 〔英〕維吉妮亞·吳爾夫著、劉炳善、石雲龍等譯:《普通讀者》(臺北：遠流出版公司，2004 年)，頁 1。

基於這樣的文化背景，《世說新語》作為敘事文學亦形成了詩一般的語言美。出色的用典技巧是這部古典名著創造這種美的關鍵。」[25]劉勰《文心雕龍・事類篇》說：「事類者，蓋文章之外，據事以類義，援古以證今者也。」事類即是用典。據范子燁的初步統計，《世說新語》涉及西漢以前的典籍共有36種，用典總次數為325次，其中引用《詩經》40次。[26]筆者根據《世說新語》重要箋疏及期刊論文勾稽，得44次(《世說新語》運用《詩經》一覽表，請見表二)，若依王逸《楚辭章句》例，凡《楚辭》中稍涉《詩經》字眼及《詩經》意境者，都算《騷》文引《詩經》立義的話，次數會再增加。[27]蕭希鳳〈論《世說新語》對《詩經》的引用〉一文，討論大量引用《詩經》的原因、用典方式及引用《詩經》的作用。[28]張立兵〈《詩》「經」的解構與文學的張揚——試論《世說新語》引《詩》的特點及其產生原因〉一文認為，其主要特點為：引《詩》用於戲謔等不莊重的場合，《詩經》的地位由漢儒宗為聖典而淪為日常談笑之資；引《詩》形式漸趨豐富，用《詩》注重化用《詩》的意境，表現出對《詩》的審美鑑賞意識等，

[25] 范子燁：〈「小說書袋子」:《世說新語》的用典藝術〉,《求是學刊》(1998年第5期)，頁87-91。

[26] 同前註，頁87。

[27] 魯瑞菁有〈王逸《楚辭章句》引《詩》考論〉一文，詳細論證王逸《楚辭章句》，稽之於《詩》，以見《騷》字詞大旨之趣及《騷》文依託《詩》以立句旨之義，魯氏計得107條，並新增當引未引《詩》作字詞訓詁6條，當引未引《詩》作句旨互通2條。若依王逸及魯瑞菁例，《世說新語》引《詩經》的次數，當不止44次。魯瑞菁此文發表於「第二屆全國經學學術研討會」(高雄市：高雄師範大學經學研究所主辦，2008年11月15日)。

[28] 蕭希鳳〈論《世說新語》對《詩經》的引用〉,《湖南科技學院學報》第29卷第5期(2008年5月)，頁29-31。

使《詩》的文學性得以凸顯，這反映出魏晉時期對《詩經》經典尊崇的消解和文學闡釋的張揚，其發生與《詩》的文學闡釋自先秦以來的不斷發展，以及魏晉時期經學中衰，儒、道、釋思想並立，人的主體精神的自覺與文學的自覺等有深層的聯繫。[29]范氏、蕭氏、張氏從各個側面探討到《世說新語》引用《詩經》的種種，包涵用典特徵、方式、場合、作用、審美鑑賞意識，並與魏晉時期的社會文化現象作聯結，各具勝義。

本文以普通讀者的效果史為切入點，論述他們的《詩經》接受，涉及到闡釋史及影響史的部分，則不討論。所論述的效果史例子，若其意較為顯明，則在（表二）說明，不在正文中討論。

岡村繁在〈《世說新語》所見詞語用典考〉中說：「《世說》所見口語中用及的典故果真是書中人物自己說的嗎？抑或是劉義慶乃至他所據諸史籍的作者之文飾結果？況且，一一考究弄清當時原話真相恐怕已屬不可能。」[30]《世說新語》是紀錄漢末魏晉名士之口語和逸事的故事集，可謂最為集中地保存了當時語言的面貌，有一定的認識價值，至於上述的疑竇，本文和岡村繁一樣，不涉及這些疑竇的考證，完全依從《世說》之文進行考察。

---

29 張立兵：〈《詩》「經」的解構與文學的張揚——試論《世說新語》引《詩》的特點及其產生原因〉，《社會科學家》總第 124 期（2007 年 3 月），頁 19-22。

30 〔日〕岡村繁著、陸曉光譯：《魏晉六朝的思想和文學》（上海：上海古籍出版社，2002 年），頁 440-442。

《世說新語・言語 1》云：

> 邊文禮見袁奉高失次序。奉高曰：「昔堯聘許由，面無怍色；先生何為顛倒衣裳？」文禮答曰：「明府初臨，堯德未彰，是以賤民顛倒衣裳耳！」

楊勇《世說新語校箋》說：「《詩・齊風・東方未明》：『東方未明，顛倒衣裳。』藉以嘲邊之舉止失措。」[31]袁奉高引《詩・齊風・東方未明》：「顛倒衣裳」句，嘲邊文禮見己之舉止失措，邊文禮就奉高所說「昔堯聘許由，面無怍色」，反唇相譏，以為奉高初臨，德不如堯，以是顛倒衣裳。這兩位普通讀者的言語交鋒均引「顛倒衣裳」詩句，而作對自己有利的運用。

《世說新語・言語 49》云：

> 孫盛為庾公記室參軍，從獵，將其第二兒俱行。庾公不知，忽於獵場見齊莊，時年七八歲。庾謂曰：「君亦復來邪？」應聲答曰：「所謂『無小無大，從公于邁。』」

「無小無大，從公于邁。」出自《詩經・魯頌・泮水》，意思是大官小官，都跟隨僖公出行。孫盛帶著他的兩個兒子跟隨庾公（亮）出獵，所以孫盛次子齊莊信手拈來《詩經》語句回答庾公，二者情景相同，答得自然貼切。[32]孫齊莊一個八歲小兒能選取適當詞句，隨機應答，這個普通讀者顯然是熟悉《詩經》詩句的。孫盛曾任著作郎，著有《魏氏春秋》、

---

[31] 楊勇：《世說新語校箋（上冊）修訂本》（臺北：正文書局，2000 年），頁 48。

[32] 同註 28，頁 29。

《晉陽秋》，匿名審查委員認為：「其雖非經解家或評論家，唯於文學自有一定之素養與見地，謂為『普通』，總覺不妥。建議作者可採 Eco 經驗讀者（Empirical Reader）及典型讀者（Model Reader）的分別，較為合理清楚。」此意見甚好，稱史家為「普通讀者」，確有不妥。然此則所述乃孫盛之子孫齊莊七八歲時的《詩經》接受，非孫盛本人之《詩經》接受，將八歲小兒孫齊莊視為「普通讀者」，應無不妥。

《世說新語·言語 56》云：

> 簡文作撫軍時，曾與桓宣武俱入朝，更相讓在前，宣武不得已而先之，因曰：「『伯也執殳，為王前驅。』」簡文曰：「所謂『無小無大，從公于邁。』」

兩人似乎都謙恭儒雅，一團和氣。但其實此前司馬昱曾起用殷浩以抗桓溫，而桓溫對他也是有所忌憚，兩人暗地裡的較量一直存在，而這次入朝賦《詩》，桓溫則處於下風。桓溫賦《詩》「伯也執殳，為王前驅」用《衛風·伯兮》語，自比為執殳前驅者，雖為謙詞，但將任撫軍大將軍的司馬昱比作「王」，雖在天子衰微的東晉，亦屬僭越；而司馬昱「無小無大，從公于邁」出自《魯頌·泮水》。意取《鄭箋》「臣無尊卑，皆從君行而來。稱言此者，僖公賢君，人樂見之」，[33] 是將話題一轉，說我們入朝都是「樂見」皇帝，不分尊卑，誰先行都一樣。簡文帝司馬昱本來頗有才幹，但桓溫擅權專橫，他也只好採取避讓和妥協的態度，讓桓溫先行，但魏晉人好以一言而定人物優劣，他可以說通過賦《詩》挽回了顏

---

[33] 孔穎達：《毛詩正義》（臺北：臺灣古籍出版公司，2001 年），頁 1643。

面。[34]未來的東晉簡文帝司馬昱和權臣桓溫的言語交鋒，是透過引用《詩》句呈現的，在此則中，我們看到普通讀者的身分可以是權貴。

《世說新語·言語 80》云：

> 李弘度常歎不被遇，殷揚州知其家貧，問：「君能屈志百里不？」李答曰：「〈北門〉之歎，久已上聞；窮猿奔林，豈暇擇木？」遂授剡縣。

〈北門〉乃《詩經·邶風》之詩篇，《毛詩序》：「〈北門〉，刺仕不得志也。言衛之忠臣不得其志爾。」《潛夫論·交際》說：「處卑下之位，懷〈北門〉之殷憂，內見謫於妻子，外蒙譏於士夫。」李弘度對〈北門〉之接受，與上述二說相同，這位普通讀者引〈北門〉之詩，從殷浩那裡找到了一個縣令的差事。

《世說新語·言語 94》云：

> 張天錫為涼州刺史，稱制西隅。既為苻堅所禽，用為侍中。後於壽陽俱敗，至都，為孝武所器，每入言論，無不竟日。頗有嫉己者，於坐問張：「北方何物可貴？」張曰：「桑椹甘香，鴟鴞革響；淳酪養性，人無嫉心。」

劉孝標本注引張資《涼州記》略云，張天錫自立為涼州牧，後歸附苻堅，堅軍敗，遂南歸。張天錫本為北人，南歸事二主，頗有嫉己者嘲弄之，問「北方何物可貴？」亦即問

[34] 同註 29，頁 20。

北方人張某身事二主，寧不羞乎？張天錫所答前二句化用《詩經·魯頌·泮水》「翩彼飛鴞，集于泮林；食我桑椹，懷我好音」詩句，原詩以飛鴞比淮夷，言淮夷歸附魯僖公。孔穎達《毛詩正義》云：「翩然而飛者，彼飛鴞惡聲之鳥，今來集止於我泮水之林，食我泮宮之桑黮，歸我好善之美音。惡聲之鳥，食桑黮而變音，喻不善之人，感恩惠而從化。」[35]此處張天錫以鴟鴞自比，謂己已被孝武所感化，不善之人可被感化，此北方之所貴也。

《世說新語·文學 3》云：

> 鄭玄家奴婢皆讀書。嘗使一婢，不稱旨，將撻之，方自陳說，玄怒，使人曳著泥中。須臾，復有一婢來，問曰：「『胡為乎泥中？』」答曰：「『薄言往愬，逢彼之怒。』」

余嘉錫《世說新語箋疏（上）》箋疏此則頗詳，茲全錄之：

> 迮鶴壽校《蛾術編》五十八注云：「『胡為乎泥中』云云，似晉人氣習。且鄭公厚德，安有曳婢泥中之事？小說家欲以矜鄭，是以誣鄭耳。」嘉錫案：此事別無證據，難以斷其有無。特《世說》雜采群書，不皆實錄，迮氏之言，意有可取，存以備考。丁晏《鄭君年譜》云：「若夫義慶之說，婢曳泥而知書；樂天之詩，牛觸牆而成字。小說傳會，亦無取焉。」馬元調本《白氏長慶集》二十六〈雙鸚鵡詩〉云：「『鄭牛識字吾常

[35] 同註 33，頁 1653。

> 歎，丁鶴能歌爾亦知』。自注引諺云：『鄭玄家牛觸牆成八字。』」嘉錫案：康成蓋代大儒，盛名遠播，流傳逸事，遂近街談。不惟婢解讀書，乃至牛亦識字。然白傳之引鄙諺，雖有類於《齊諧》；而臨川之著新書，實不同於燕說。且子政童奴，皆吟《左氏》(見《論衡·案書篇》)；劉琰侍婢，悉誦〈靈光〉(見《蜀志》)。斯固古人所常有，安見鄭氏之必無？既不能懸斷其子虛，亦何妨姑留為佳話。丁氏必斥其傅會，所謂「固哉高叟之為詩也」！[36]

「胡為乎泥中？」為《邶風·式微》詩句。《毛傳》:「泥中，衛邑也。」《毛詩序》:「〈式微〉，黎侯寓于衛，其臣勸以歸也。」《鄭箋》:「黎侯為狄人所逐，棄其國而寄于衛。衛處之以二邑，因安之，可以歸而不歸，故其臣勸之。」鄭玄將「泥中」解釋為衛邑名，其家婢則根據實情，解之為「泥地中」。「薄言往愬，逢彼之怒」為《邶風·柏舟》詩句，《毛詩序》:「〈柏舟〉，言仁而不遇也。衛頃公之時，仁人不遇，小人在側。」《鄭箋》:「仁人既不遇，憂在見侵害。」鄭玄家婢把此詩句引申之，埋怨鄭玄不聽其陳說，反使人曳著泥中。上引余嘉錫《箋疏》重點在此事之有無，余氏按語以為此事或不能斷其為子虛，何妨姑留為佳話。鄭玄家奴婢此二個普通讀者，竟造成如此波瀾。張祝平〈鄭家《詩》婢自流芳——《詩》婢現象及其文化影響〉一文，可視為一篇「鄭家《詩》婢」接受史的研究。張文指出，《詩》婢現象有各色解讀，或為文

---

36 余嘉錫《世說新語箋疏(修訂本)》(上海：上海古籍出版社，1993年)，頁193-194。

人雅士高雅生活的象徵，或見鄭玄的道學和風雅，或為瓌瑋琳琅婦人文學之一葩，或借《詩》婢現象大發人生寄慨，或言詩婢之附庸流派難能創新的引申。《詩》婢模式對小說、戲曲的人物類型形象塑造亦有影響，在一些筆記小說中常出現鄭家詩婢類的人物，一些才子佳人、賣弄學問的戲曲、白話小說中也塑造了詩婢類人物類型，而《紅樓夢》中的香菱則是詩婢的詩化與昇華。[37]這兩個不知名的普通讀者捲起了千堆雪，因他們而有的「鄭家《詩》婢」接受史，包涵效果史、闡釋史、影響史，真是歎為觀止。由余嘉錫的評論適足以說明「普通讀者」鄭家詩婢的影響力。

《世說新語·文學 52》云：

> 謝公因子弟集聚，問：「《毛詩》何句最佳？」遏稱曰：「『昔我往矣，楊柳依依；今我來思，雨雪霏霏。』」公曰：「『訏謨定命，遠猷辰告。』」謂此句偏有雅人深致。

「昔我往矣，楊柳依依；今我來思，雨雪霏霏。」出自《小雅·采薇》，選用楊柳和雨雪兩種象徵季節的意象，寫出征時是楊柳依依的春日，今輾轉行役，回家時路途艱辛是雨雪霏霏的冬日。「訏謨定命，遠猷辰告。」出自《大雅·抑》。《毛傳》：「訏，大。謨，謀。猷，道。辰，時也。」《鄭箋》：「大謀定命，謂正月始和，布政于邦國都鄙也。為天下遠圖

---

[37] 張祝平：〈鄭家《詩》婢自流芳——《詩》婢現象及其文化影響〉，「第七屆《詩經》國際學術研討會論文」（2006 年《世說新語箋疏（修訂本）》（上海：上海古籍出版社，1993 年），頁 193-194。

[37] 張祝平：〈鄭 8 月 4 日至 7 日），四川南充：西華師範大學承辦。

庶事，而以歲時告施之。」《孔疏》:「施教之法，當豫大計謀，定其教命，為長遠之道，而以時節告民，施之王之朝廷。」[38]張立兵說:「謝安、謝玄對兩詩的態度，緣於兩人不同的審美期待視野。謝玄出身名門，青年才少，受到文學自覺的時代新風的影響，按照『詩賦欲麗』、『緣情綺靡』的標準，更激賞『楊柳』句情景交融的藝術美；而謝安人過中年，身為宰相，又處在前秦不斷侵擾東晉的特殊時期，國家的治亂是他最關心的，故《詩》中古人以為國家制定謀略大計為己任的深刻意蘊使他產生強烈的共鳴。」[39]「期待視野」是姚斯在卡爾·波普爾（Karl R. Popper）科學哲學概念的基礎上，吸收海德格爾（Martin Heidegger）的「前理解」與伽達默爾「合法的偏見」的歷史性與生產性提出的，指的是讀者本身的期待系統可能會賦予作品的思維定向。[40]讀者的期待視野與他的身分、經驗、年齡、知識、背景、審美品味、嗜好、興趣等有關，上述謝安、謝玄的《詩經》接受，恰足以說明。陳文忠對此則的看法，著眼它一千多年的接受史，他說：

> 《詩經·小雅·采薇》末章:「昔我往矣，楊柳依依；今我來思，雨雪霏霏。」初為謝玄標舉，此後為歷代評家賞識；而從劉勰《文心雕龍》到劉熙載《藝概》的賞析闡釋，對古典詩學中作為核心論題的「情景」理論，作了淋漓盡致的發揮。《文心·物色》視其為「寫氣圖貌」的典則；皎然《詩式》借以肯定詩中「麗句」

[38] 同註 33，頁 1367。

[39] 同註 29，頁 21。

[40] 王麗麗:〈文學史：一個尚未完成的課題——姚斯的文學史哲學重估〉,《北京大學學報（哲學社會科學版）》1994 年第 1 期，頁 57。

> 的價值；《宋景文筆記》所謂「寫物態，慰人情也」，進而揭示了借物寫情，情物交融的詩學原理；至王夫之《薑齋詩話》的「以樂景寫哀，以哀景寫樂，一倍增其哀樂」，則由情景同一，互藏其宅的常態意境原則，進而提出了情景反襯、倍增其情的異態意境理論；再至劉熙載《藝概》的「雅人深致，正在借景言情。若捨景不言，不過曰春往冬來耳，有何意味」。此語看似尋常，實質從一新的角度強調了詩歌創作需以具象景物表現抽象情思的道理，具有更高的理論概括性，與艾略特的「客觀對應物」或「事物對當」之說相與契合。可以說，〈采薇〉自六朝、經唐宋至明清的一千多年接受史，正是傳統「情景」觀念的深化發展史。[41]

謝玄是一普通讀者，他對《詩經》詩句的摘句鑑賞，竟能導致後代理想讀者（詩評家）對情景範疇的討論。約翰生博士說：「能與普通讀者意見不謀而合，在我是高興的事；因為，在評定詩歌榮譽的權力時，在高雅的敏感和學術之後，最終說來應該根據那未受文學偏見污損的普通讀者的常識。」普通讀者的鑑賞寓有批評理論的潛質，約翰生這段話正可用來比況這一千多年的〈采薇〉接受史。

另外，《晉書·列女傳》載，叔父安嘗問：「《毛詩》何句最佳？」道韞稱：「吉甫作頌，穆如清風。仲山甫永懷，以慰其心。」安謂有雅人深致。看來謝氏叔侄頗喜對《詩經》的摘句鑑賞。

[41] 同註 18，頁 313-314。

《世說新語·賞譽 20》云：

> 有問秀才：「吳舊姓何如？」答曰：「……；嚴仲弼，九皐之鶴鳴，空谷之白駒；……。」

《小雅·鶴鳴》有「鶴鳴于九皐，聲聞于野」及「鶴鳴于九皐，聲聞于天」之句。《小雅·白駒》有「皎皎白駒，在彼空谷。生芻一束，其人如玉。」之句。秀才，劉孝標本注以為是蔡洪，此則蔡洪化用《詩經》詩句，品評嚴仲弼。就字面義而言，此二詩句與隱逸有關。

《世說新語·傷逝 17》云：

> 孝武山陵夕，王孝伯入臨，告其諸弟曰：「雖榱桷惟新，便自有〈黍離〉之哀。」

〈黍離〉是《王風》篇名。《毛詩序》：「〈黍離〉，閔宗周也。周大夫行役至於宗周，過故宗廟宮室，盡為禾黍。閔周室之顛覆，彷徨不忍去，而作是詩也。」〈黍離〉之哀，故國之思，流離政權及人士所共有。劉孝標本注引《中興書》：「烈宗喪，會稽王道子執政，寵幸王國寶，委以機任。王恭入赴山陵，故有此嘆。」得其旨也。

《世說新語·賢媛 29》云：

> 郗嘉賓喪，婦弟欲迎姊還，姊終不肯歸，曰：「生縱不得與郗郎同室，死寧不同穴？」

《王風·大車》有「穀則異室，死則同穴。」之句，陳子展《詩三百解題》云：「大車，當是楚滅息後，一位息夫人殉夫殉國自殺而死的絕命詞。」[42]原詩很像寡婦的絕命詞或誓守貞節不改嫁之詞，郗嘉賓妻化用《詩經》詩句，表明自己不因夫喪而還歸，誓言守節。

《世說新語‧排調 36》云：

> 袁羊嘗詣劉恢，恢在內眠未起。袁因作詩調之曰：「角枕粲文茵，錦衾爛長筵。」劉尚晉明帝女，主見詩，不平曰：「袁羊，古之遺狂！」

《唐風‧葛生》有「角枕粲兮，錦衾爛兮。予美亡此，誰與？獨旦。」之句，陳子展以為「這可視為最古的一篇夫婦之間悼亡的詩。」何楷《毛詩世本古義》亦引《世說》此則，並云：「袁以死嘲劉，故主不平耳。則其為悼亡之詩舊矣。」[43]梅家玲以模擬嘲諷分析此則，在為了滑稽嘲弄的前提下，故意改變成辭字面，將其原本具有的嚴肅性質與正面意義，轉導向輕鬆詼諧的一面。亦即「在於刻意使用或模仿嚴肅事物或文體，藉形式與內容之不調和而產生滑稽悅人的效果。」[44]在這裡，由於略去「予美亡此，誰與獨旦」，並加上「文茵」與「長筵」二詞，故而「角枕」和「錦衾」的意象便不但不再孤立，反而增添了華美旖旎的情趣，以之來稱頌劉恢和公主的恩愛，乍看似乎頗為貼切。可是事實上，「角枕」一詩原本是悼亡之作，重點全在「誰與獨旦」中的「獨」字，用這

---

[42] 陳子展：《詩三百解題》（上海：復旦大學出版社，2001 年），頁 264。
[43] 同前註，頁 449-450。
[44] 參見 Jone D. Jump 著、胡聲朴譯：《模擬嘲諷》第一章〈定義〉，收入顏元叔主編：《西洋文學術語叢刊》（臺北：黎明文化出版公司，1978 年），頁 525。

樣一種帶有濃厚感傷意味的典故來作反面文章，詼諧、嘲弄之意，實呼之欲出。[45]袁羊以死嘲帝婿劉恢，難怪公主要不平了，上引模擬嘲諷的定義，所謂「產生滑稽悅人的效果」，就公主來看，恐怕是憤怒、責備吧。「善戲謔兮，不為虐兮」，袁羊的嘲諷是過頭了。

《世說新語・排調 41》云：

> 習鑿齒、孫興公未相識，同在桓公坐。桓語孫：「可與習參軍共語。」孫云：「『蠢爾蠻荊』，敢與大邦為讎？」習云：「『薄伐獫狁，至于太原』。」

劉孝標本注：「《小雅》詩也。《毛詩注》曰：『蠢，動也。荊蠻，荊之蠻也。獫狁，北夷也。』習鑿齒，襄陽人；孫興公，太原人。故因詩以相戲也。」《詩經・小雅・采芑》有「蠢爾蠻荊，大邦為讎」之句。《詩經・小雅・六月》有「薄伐玁狁，至于太原」之句。此則梅家玲以「雙關」分析之。「雙關」是指用同一語詞同時關顧到兩種不同事物或景況的修辭方式。任何「成辭」都由個別的文字所構成，而每一文字又都各由形、音、義三項因素共同組成。在一句成辭之中，個別文字的「形」與「音」都必然是固定不變的；然而它的字義，卻極可能會在引用者有意導引之下，造成相當程度的轉移改易。其中，尤以就「稱代詞」的指稱對象，進行「偷天換日」的情況最多。習、孫二人的應對情形也應用了同樣原理：蠻荊、獫狁原皆為周時文化水準低落的蠻貊之邦，此刻成為二人調

---

[45] 梅家玲：《世說新語的語言與敘事》（臺北：里仁書局，2004 年），頁 148-149。

侃對方的代稱（「蠻荊」指習，「獫狁」指孫。）「大邦」原指周室，興公乃以之自謂，都是偷天換日手法的巧妙運用。[46]習、孫二人本不相識，在桓公坐，竟能以彼此的地望引《詩經》詩句互相嘲笑對方，《小雅》中也正好有彼此需要的句子，語言機鋒雖頗精采，但魏晉人此種戲謔之習，亦令人稱奇，所最可奇者，他們雜引各書嘲謔，就是儒家經典也不放過，儒經在此時期可謂從聖壇上走了下來，變成日常生活戲謔的資料了。他們有時也會以家諱，引經據典，嘲弄他人，此等後人不靠專家考證箋疏看不懂的事，在魏晉人卻優遊為之，這真是一個特別的時代。

第四節　結論

德國文論家岡特·格里姆（Gunter Grimm）在〈接受美學概論〉一文中這樣概括走向接受美學之路：「倘若一條道路是通過對讀者產生的效果而從文學社會學到接受學研究的，那麼另一條道路則是通過解釋學，在文學學領域裡則專指通過對藝術作品的理解（確切說是解釋），而到接受學研究。」「通向接受學研究的第三條道路開始自文學史」[47]「通過對讀者產生的效果」就是效果史，「通過對藝術作品的理解和解釋」就是闡釋史，而接受學的文學史是作品與讀者視野不斷融合的過程史。卡爾·科賽克（Karl Kosik）說：「只要作品產生

46 同前註，頁 139-140。

47 岡特·格里姆：〈接受美學概論〉，見《接受美學譯文集》，劉小楓選編，（北京：三聯書店，1989 年），頁 85-86。

影響，作品就活著。包括在一部作品的影響之內的是那些既在作品自身中也在作品的消費中所完成的東西。」[48]科賽克給予姚斯以重要的啟示：文學作品的歷史可以體現為作品的影響；影響既發生在作品的審美層次(作品自身中完成的東西)，也發生在作品的消費層次，後者順理成章的呼喚出消費的主體——讀者；作品存在的理由即要求讀者對作品作出解釋，並經由讀者的閱讀解釋發生作用。[49]這種影響包括普通讀者的效果史，理想讀者的闡釋史，以及作家經由閱讀之後提出的創造。

本文論述魏晉南北朝普通讀者的《詩經》接受概況，發現有時普通讀者也會居於一代一代的接受鏈條中的重要地位，如謝玄對「昔我往矣，楊柳依依；今我來思，雨雪霏霏。」的接受，後來竟變成一千多年來詩評家們對「情景」觀念討論的發端。「鄭家《詩》婢」變成了一條綿長接受史的源頭，被用作詩人創作時的典實，也被筆記小說、戲曲、白話小說人物類型形象塑造所模仿。「鄭家《詩》婢」以普通讀者的身份走進了創作家的作品世界中。

魏晉南北朝普通讀者的《詩經》接受，也受到此時期戲謔風氣的影響，如袁羊諷劉恢、習鑿齒與孫興公互諷。在言談中顯現言語機鋒也時有所見，如邊文禮之答袁奉高、簡文與桓宣武入朝互讓、張天錫之答嫉己者。

[48] 引自胡經之、張首映主編：《西方二十世紀文論選》(第三卷)(北京：中國社會科學出版社，1989年)，頁147。

[49] 同註40，頁56。

魏晉南北朝普通讀者的《詩經》接受，也有摘句鑑賞的現象，這和詩評家如鍾嶸《詩品》的摘句批評，詩人曹操〈短歌行〉的照引《詩》句的形式是一樣的。喜歡問人《毛詩》何句最佳這樣的現象，未嘗不可視作摘句批評的萌芽與雛形。

有些普通讀者引〈黍離〉以寄故國之思，引〈北門〉以嘆家貧，化用〈大車〉以表堅貞，引〈鶴鳴〉和〈白駒〉以品評人物，也有八歲小童引〈泮水〉之句以顯夙慧。

本文因設定以普通讀者為論述中心，因此得其事例不多，若再擴充到理想讀者的智珠巧慧，將更繽紛多彩。魏晉南北朝的《詩經》接受像一部管弦樂譜，在其演奏中不斷獲得讀者新的反響，接受之鏈一代又一代地被充實和豐富。[50]

《詩經》學研究有廣狹二義，普通讀者的《詩經》效果史可納入廣義的《詩經》學研究。本文藉用「普通讀者」概念詮釋魏晉南北朝時期，主要以《世說新語》為範圍的考察，自認有助擴大《詩經》學的研究領域。「普通讀者」的聲音是微弱的，似乎難登大雅之堂，但他們並非不存在，本文讓他們透顯出「曾經存在過」的微弱亮光。重視《詩經》的「消費」研究，才是完整的《詩經》學。經典在五四新文化運動以後，已漸漸由聖壇走向民間，關注「普通讀者」的《詩經》接受，在《詩》學史中應有一席之地。

---

[50] 請參考前文姚斯之語。（本文第二節引言）。

（表二）《世說新語》運用《詩經》一覽表

編號	《世說新語》文句	《詩經》出處	說明
1	邊文禮見袁奉高失次序。奉高曰：「昔堯聘許由，面無怍色。先生何為顛倒衣裳？」文禮答曰：「明府初臨，堯德未彰；是以賤民顛倒衣裳耳。」（《言語1》）	《齊風・東方未明》：「東方未明，顛倒衣裳。」	邊文禮與袁奉高均為普通讀者，此則屬於效果史。論述見正文。
2	慈明曰：「昔者祁奚內舉不失其子，外舉不失其讎，以為至公；公旦，文王之子，不論堯舜之德，而頌文武者，親親之義也。」（《言語7》）	楊勇《世說新語校箋(上冊)修訂本》云：《大雅・文王之什》、〈文王〉、〈大明〉、〈緜〉、〈棫樸〉、〈思矣〉、〈皇矣〉、〈靈臺〉皆頌文王之德。〈下武〉、〈文王有聲〉，頌武王能繼文王之業。《釋文》：「〈文王〉至〈靈臺〉八篇，是文王之《大雅》；〈下武〉至〈文王有聲〉是武王之《大雅》。」	此則荀慈明論及《大雅》中頌文武之德者，為周公旦之作，涉及詩篇的作者問題，屬於闡釋史。

3	禰衡被魏武謫為鼓吏，正月半試鼓，衡揚枹為〈漁陽參撾〉，淵淵有金石聲，四座為之改容。孔融曰：「禰衡罪同胥靡，不能發明王之夢。」魏武慙而赦之。（《言語8》）	《小雅·采芑》:「伐鼓淵淵。」《毛傳》:淵淵，鼓聲。	此則為《世說》作者引用《詩經》成詞以述鼓聲，屬於影響史。
4 5	魏明帝為外祖母築館於甄氏，既成，自行視，謂左右曰：「館當以何為名？」侍中繆襲曰：「陛下思齊於哲王，罔極過於曾閔；此館之興，情鍾舅氏，宜以『渭陽』為名。」（《言語13》）	《小雅·蓼莪》:「欲報之德，昊天罔極！」劉孝標注云:「〈秦詩曰:〈渭陽〉，康公念母也。康公之母，晉獻公之女。文公遭驪姬之難，未反而秦姬卒。穆公納文公，康公時為太子，贈送文公于渭之陽，念母之不見也。我見舅氏，如母存焉。」	此則引《小雅•蓼莪》詩句，以明孝思，又引《秦風•渭陽》「我見舅氏，如母存焉」之意，以言命名之由，可視為效果史。
6	溫嶠初為劉琨使，來過江；于時江左營建始爾，綱紀未舉；溫新至，深有諸慮。既詣王丞	《王風·黍離》:「彼黍離離，彼稷之苗；行邁靡靡，中	此則《世說》作者引〈黍離〉篇名，以述亡國之痛，屬於影

	相，陳主上幽越、社稷焚滅，山陵夷毀之酷，有〈黍離〉之痛；溫忠慨深烈，言與泗俱。丞相亦與之對泣。敘情既畢，便深自陳結，丞相亦厚相酬納。既出，懽然言曰：「江左自有管夷吾，此復何憂？」（《言語36》）	心搖搖。知我者，謂我心憂，不知我者，謂我何求？悠悠蒼天，此何人哉！」凡三章，嘆亡國之痛。	響史。
7	孫盛為庾公記室參軍，從獵，將其第二兒俱行。庾公不知，忽於獵場見齊莊，時年七八歲，庾謂曰：「君亦復來邪？」應聲答曰：「所謂『無小無大，從公于邁』。」（《言語49》）	《魯頌·泮水》：「無小無大，從公于邁。」	此則為效果史，論述見正文。
8 9	簡文作撫軍時，嘗與桓宣武俱入朝，更相讓在前，宣武不得已而先之，因曰：「『伯也執殳，為王前驅。』」簡文曰：「所謂『無小無大，從公于邁。』」（《言語56》）	《衛風·伯兮》：「伯也執殳，為王前驅。」《魯頌·泮水》：「無小無大，從公于邁。」	此則二引《詩》句，屬於效果史，論述見正文。
10	荀中郎在京口，登北固望海云：「雖未覩三山，便自使人有陵雲意。若秦漢之君，必當褰裳濡足。」（《言語74》）	《鄭風·褰裳》：「子惠思我，褰裳涉溱。」	此則屬於效果史。

11	李弘度常歎不被遇，殷揚州知其家貧，問:「君能屈志百里不？」李答曰：「〈北門〉之嘆，久已上聞；窮猿奔林，豈暇擇木？」遂授剡縣。（《言語80》）	〈北門〉乃《詩經‧邶風》之詩篇,《毛詩序》:「〈北門〉,刺仕不得志也。言衛之忠臣不得其志爾。」	此則屬於效果史，論述見正文。
12	道壹道人好整飾音辭，從都下還東山，經吳中，已而會雪下，未甚寒。諸道人問在道所經。壹公曰：「風霜固所不論，乃先集其慘澹；郊邑正自飄瞥，林岫便自皓然。」（《言語93》）	《小雅‧頍弁》:「如彼雨雪，先集維霰。」	此則化用《詩》句，屬於影響史。
13	張天錫為涼州刺史，稱制西隅。既為苻堅所禽，用為侍中。後於壽陽俱敗，至都，為孝武所器，每入言論，無不竟日。頗有嫉己者，於坐問張:「北方何物可貴？」張曰：「桑椹甘香，鴟鴞革響，淳酪養性，人無嫉心。」(《言語94》)	《魯頌‧泮水》:「翩彼飛鴞,集于泮林;食我桑椹，懷我好音。」	此則化用《詩》句，屬於效果史，論述見正文。
14 15	鄭玄家奴婢皆讀書。嘗使一婢，不稱旨，將撻之，方自陳說，玄怒，使人曳著泥中。須臾，	「胡為乎泥中？」為《邶風‧式微》詩句。「薄言往	此則二引《詩》句，屬於效果史，論述見正文。

	復有一婢來，問曰：「『胡為乎泥中？』」答曰：「『薄言往愬，逢彼之怒。』」（《文學3》）	愬，逢彼之怒。」為《邶風·柏舟》詩句。	
16 17	謝公因子弟集聚，問：「《毛詩》何句最佳？」遏稱曰：「『昔我往矣，楊柳依依；今我來思，雨雪霏霏。』」公曰：「『訏謨定命，遠猷辰告。』」謂此句偏有雅人深致。（《文學52》）	《小雅·采薇》：「昔我往矣，楊柳依依；今我來思，雨雪霏霏。」《大雅·抑》：「訏謨定命，遠猷辰告。」	此則二引《詩》句，屬於效果史，論述見正文。
18	夏侯湛作《周詩》成，示潘安仁，安仁曰：「此文非徒溫雅，乃別見孝悌之性。」潘因此遂作〈家風詩〉。（《文學71》）	劉孝標注引《湛集》載其《敘》曰：「《周詩》者，〈南陔〉、〈白華〉、〈華黍〉、〈由庚〉、〈崇丘〉、〈由儀〉六篇，有其義而亡其辭；湛續其亡，故云《周詩》也。」	此則談及補亡詩與仿作之事，屬於影響史。

19	張華見褚陶，語陸平原曰：「君兄弟龍躍雲津，顧彥先鳳鳴朝陽。謂東南之寶已盡，不意復見褚生！」陸曰：「公未覩不鳴不躍者耳！」（《賞譽19》）	《大雅·卷阿》：「鳳皇鳴矣，于彼高岡；梧桐生矣，于彼朝陽；菶菶萋萋，雝雝喈喈。」	張華詩於嶸《詩品》列中品，此則化用《詩》句，屬影響史，蓋以此品評人物，此為魏晉南北朝所常見。
20 21	有問秀才：「吳舊姓何如？」答曰：「……；嚴仲弼，九皐之鳴鶴，空谷之白駒；……。」（《賞譽20》）	《小雅·鶴鳴》有「鶴鳴于九皐，聲聞于野。」及「鶴鳴于九皐，聲聞于天。」之句。《小雅·白駒》有「皎皎白駒，在彼空谷。生芻一束，其人如玉。」之句。	秀才，劉孝標本注以為是蔡洪，蔡洪此則化用《詩句》，品評嚴仲弼，屬於效果史。
22	桓公語嘉賓：「阿源有德有言，向使作令僕，足以儀刑百揆；朝廷用違其才耳！」（《賞譽117》）	《大雅·文王》：「儀刑文王，萬邦作孚。」	阿源，殷浩也。此則借用《詩經》語詞品評人物，屬於效果史。

23	何晏、鄧颺令管輅作卦，云：「不知位至三公不？」卦成，輅稱引古義，深以誡之。颺曰：「此老生之常談。」晏曰：「知幾其神乎，古人以為難。交疏而吐誠，今人以為難。今君一面盡二難之道，可謂『明德惟馨！』《詩》不云乎，『中心藏之，何日忘之！』」（《規箴6》）	《小雅・隰桑》:「中心藏之，何日忘之！」	何晏詩於鍾嶸《詩品》列中品，此則直接引用《詩》句，屬於影響史。
24	桓玄欲以謝太傅宅為營，謝混曰：「召伯之仁，猶惠及甘棠；文靖之德，更不保五畝之宅！」玄慙而止。	《召南・甘棠》有：「蔽芾甘棠，勿翦勿伐，召伯所茇。」之句，共三章，疊詠體，文字略同。	謝混詩於鍾嶸《詩品》列中品，此則化用〈甘棠〉詩意，屬於影響史。
25	王右軍見杜弘治，歎曰：「面如凝脂，眼如點漆，此神仙中人！」（《容止26》）	《衛風・碩人》:「膚如凝脂。」	王右軍為書法家，此則引用《詩》中語詞品評人物容止，屬於影響史。
26	有人嘆王恭形茂者，云:「濯濯如春月柳。」（《容止39》）	《大雅・崧高》:「鉤膺濯濯。」《毛傳》:「濯濯，光明也。」此文「濯濯」蓋光潔貌。	此則「有人」不知何指，難以判斷其身分。此蓋魏晉南北朝人品評人物之風習也。

27	孝武山陵夕，王孝伯入臨，告其諸弟曰：「雖榱桷惟新，便自有〈黍離〉之哀！」（《傷逝17》）	見編號6。	此則為效果史，論述見正文。
28	戴安道既厲操東山，而其兄欲建「式遏」之功。謝太傅曰：「卿兄弟志業，何其太殊？」戴曰：「下官『不堪其憂』，家弟『不改其樂』。」（《棲逸12》）	《大雅·民勞》：「式遏寇虐。」朱《注》：「式，用也；遏，止也；寇虐，大惡也。言止絕不為害民之事也。」（引自楊勇《世說新語箋》）	此則《世說》作者運用《詩經》語詞陳述戴安道之兄的志向，屬於影響史。
29	……。絡秀曰：「門戶殄瘁，何惜一女？若連姻貴族，將來或大益。」父兄從之。……（《賢媛18》）	《大雅·瞻卬》：「邦國殄瘁」。《毛傳》：殄，瘁病也。	絡秀為李伯宗女，此則絡秀運用《詩經》語詞以言門戶瘁病，屬於效果史。
30	郗嘉賓喪，婦弟欲迎姊還，姊終不肯歸。曰：「生縱不得與郗郎同室，死寧不同穴？」（《賢媛29》）	《王風·大車》有「穀則異室，死則同穴。」之句。	此則為效果史，論述見正文。

31	郭景純過江，居于暨陽，母亡安墓，去水不盈百步，時人以為近水。景純曰：「將當為陸。今沙漲，去墓數十里皆為桑田。」其詩曰：「北阜烈烈，巨海混混；壘壘三墳，唯母與昆。」（《術解7》）	《小雅·蓼莪》:「南山烈烈」，胡承珙《毛詩後箋》:「烈烈，山之高峻險阻」。	郭璞，字景純，列鍾嶸《詩品》中品，此則運用《詩經》語詞創作，屬於影響史。
32	劉伶病酒渴甚，從婦求酒。婦捐酒毀器，涕泣諫曰：「君飲太過，非攝生之道，必宜斷之！」伶曰：「甚善。我不能自禁，唯當祝鬼神自誓斷之耳，便可具酒肉。」婦曰：「敬聞命。」供酒肉於神前，請伶祝誓。伶跪而祝曰：「天生劉伶，以酒為名；一飲一斛，五斗解醒。婦人之言，慎不可聽。」便引酒進肉，隗然已醉矣。（《任誕3》）	《小雅·節南山》:「憂心如酲」。《毛傳》:「病酒曰酲」。	劉伶為竹林七賢之一，此則運用《詩經》語詞創作，屬於影響史。

33	晉文帝與二陳共車，過喚鍾會同載，即駛車委去；比出，已遠。既至，因嘲之曰：「與人期行，何以遲遲？望卿遙遙不至！」會答曰：「矯然懿實，何必同群？」帝復問會：「皐繇何如人？」答曰：「上不及堯舜，下不逮周孔，亦一時之懿士！」（《排調2》）	《邶風・谷風》：「行道遲遲。」《毛傳》：遲遲，舒行貌。	劉孝標本注：「二陳，騫與泰也。會父名繇，故以「遙遙」戲之；騫父矯，宣帝諱懿，泰父群，祖父寔，故以此酬之。」魏晉人喜以他人父祖名諱相嘲諷，此為一例。此則為效果史。
34	王公與朝士共飲酒，舉瑠璃盌謂伯仁曰：「此盌腹殊空，謂之寶器，何邪！」答曰：「此盌英英，誠為清徹，所以為寶耳。」（《排調14》）	《小雅・白華》：「英英白雲。」《毛傳》：英英，白雲貌。	王公以此戲伯仁之無能，伯仁運用《詩經》語詞為自己辯護，屬於效果史。
35	謝公在東山，朝命屢降而不動；後出為桓宣武司馬，將發新亭，朝士咸出瞻送。……。（《排調》26）	吳金華：《世說新語考釋》（合肥：安徽教育出版社，1994年）：「瞻送，郊原送別謂之『瞻送』，《晉書·卷七四·桓沖傳》：『男女老幼，皆臨江瞻送《詩經‧邶風‧燕燕》:『遠	此則《世說》作者化用《詩經》詩句，屬於影響史。

		送于野，瞻望弗及。』瞻送連文，取義於此。」	
36	庾園客詣孫監，值行，見齊莊在外，尚幼而有神意。庾試之曰：「孫安國何在？」即答曰：「庾稚恭家。」庾大笑曰：「諸孫大盛，有兒如此？」又答曰：「未若諸庾之翼翼。」還，語人曰：「我故勝，得重喚奴父名。」（《排調》33）	《小雅・楚茨》:「我黍與與，我稷翼翼。」《鄭箋》:黍與與，稷翼翼，蕃廡貌。	庾園客為庾翼子，故孫齊莊言「得重喚奴父名。」魏晉人喜以他人父祖名諱相譏嘲，以逞機智，此又為一例。此則孫齊莊運用《詩經》語詞，反唇相譏，似乎佔了上風，屬於效果史。
37	袁羊嘗詣劉恢，恢在內眠未起。袁因作詩調之曰：「角枕粲文茵，錦衾爛長筵。」劉尚晉明帝女，主見詩，不平曰：「袁羊，古之遺狂！」（《排調》36）	《唐風・葛生》有「角枕粲兮，錦衾爛兮。予美亡此，誰與？獨旦。」之句。	袁羊不列鍾嶸《詩品》，故此則歸為效果史。論述見正文。

38 39	習鑿齒、孫興公未相識，同在桓公坐。桓語孫：「可與習參軍共語。」孫云：「『蠢爾蠻荊』，敢與大邦為讎？」習云：「『薄伐獫狁，至于太原』。」（《排調》41）	《小雅・采芑》：有「蠢爾蠻荊，大邦為讎」之句。《小雅・六月》有「薄伐玁狁，至于太原」之句。	此則二引《詩》句，論述見正文。孫興公即孫綽，列鍾嶸《詩品》下品。習鑿齒未入《詩品》。姑列此則為效果史。
40	王文度、范榮期俱為簡文所要；范年大而位小，王年小而位大；將前，更相推在前；既移久，王遂在范後。王因謂曰：「簸之揚之，糠秕在前。」范曰：「洮之汰之，沙礫在後。」（《排調》46）	《小雅・大東》：有「維南有箕，不可以簸揚」之句。《說文》:「簸，揚米去康（糠）也。」	此則化用《詩經》語詞，以逞機智，屬於效果史。
41	東府客館是版屋，謝景重詣太傅，時賓客滿中，初不交言，直仰視云：「王乃復西戎其屋。」（《排調》58）	《秦風・小戎》有「在其版屋，亂我心曲」之句。	此則運用《詩經》語詞，屬於影響史。

42	祖廣行恒縮頭；詣桓南郡，始下車，桓曰：「天甚晴朗，祖參軍如從屋漏中來。」（《排調64）	《大雅‧抑》：有「相在爾室，尚不愧于屋漏」之句。《孔疏》引孫炎云：「當室之白日光所漏入。」意謂在屋內隱蔽之處，還是有日光從天窗入。	此則「屋漏」一詞雙關。屬於效果史。
43	褚太傅南下，孫長樂於船中視之；言次，及劉真長死，孫流涕，因諷詠曰：「『人之云亡，邦國殄瘁！』」褚大怒曰：「真長平生，何嘗相比數？而卿今日作此面向人！」孫迴泣向褚曰：「卿當念我！」時咸笑其才而性鄙。（《輕詆》17）	《大雅‧瞻卬》有「人之云亡，邦國殄瘁」之句。	此則直接引《詩》句。
44	殷仲堪父病虛悸，聞床下蟻動，謂是牛鬬。孝武不知是殷父，問仲堪：「有一殷，病如此不？」仲堪流涕而起曰：「臣進退唯谷。」（《紕漏6》）	《大雅‧桑柔》有「人亦有言，進退唯谷」之句。	此則為效果史。

引用書目

一、書籍部分

〔唐〕孔穎達：《毛詩正義》，臺北：台灣古籍出版公司，2001年10月初版。

〔唐〕李延壽：《南史》，臺北：鼎文書局，1980年3月初版。

皮錫瑞：《經學歷史》，臺北：河洛圖書出版社，1974年9月台景印初版。

李威熊：《中國經學發展史論（上冊）》，臺北：文史哲出版社，1988年12月出版。

余嘉錫：《世說新語箋疏（修訂本）》，上海：上海古籍出版社，1993年12月第1版。

林登順：《魏晉南北朝儒學流變之省察》，臺北：文津出版社，1996年4月初版。

林葉連：《中國歷代詩經學》，臺北：台灣學生書局，1993年3月初版。

胡經之、張首映主編：《西方二十世紀文論選》，北京：中國社會科學出版社，1989年5月。

馬宗霍：《中國經學史》，臺北：台灣商務印書館，1979年9月臺六版。

夏傳才：《詩經研究史概要（增注本）》，北京：清華大學出版社，2007年6月第一版。

陳子展:《詩三百解題》,上海:復旦大學出版社,2001 年 10 月第 1 版。

陳文忠:《文學美學與接受史研究》,合肥:安徽人民出版社,2008 年 4 月第 1 版。

梅家玲:《世說新語的語言與敘事》,臺北:里仁書局,2004 年 7 月初版。

黃偉倫:《魏晉文學自覺論題新探》,臺北:台灣學生書局,2006 年 7 月初版。

楊　勇:《世說新語校箋(上冊)修訂本》,臺北:正文書局,2000 年 5 月 20 日第一版。

劉小楓編:《接受美學譯文集》,北京:三聯書店,1989 年 1 月。

劉毓慶:《歷代詩經著述考(先秦——元代)》,北京:中華書局,2002 年 5 月第 1 版。

魯　迅:《魯迅全集(第三卷)》,北京:人民出版社,1995 年二刷。

鄺士元:《中國學術思想史》,臺北:里仁書局,1981 年台二版。

顏元叔編:《西洋文學術語叢刊》,臺北:黎明文化出版社公司,1978 年。

〔日〕本田成之:《中國經學史》,臺北:廣文書局,1979 年 5 月初版。

〔德〕H·R·姚斯、〔美〕R·C·霍拉勃著、周寧、金元浦譯:《接受美學與接受理論》,瀋陽:遼寧人民出版社,1987 年 9 月第 1 版。

〔美〕哈羅德·布魯姆著、徐文博譯：《影響的焦慮》，南京：江蘇教育出版社，2006 年 2 月第 1 版。

〔英〕維吉妮亞·吳爾夫著、劉炳善等譯：《普通讀者》，臺北：遠流出版公司，2004 年 7 月。

〔日〕岡村繁著、陸曉光譯：《漢魏六朝的思想和文學》，上海：上海古籍出版社，2002 年 8 月。

二、單篇論文部分

王麗麗：〈文學史：一個尚未完成的課題——姚斯的文學史哲學重估〉，《北京大學學報（哲學社會科學版）》，1994 年第 1 期。

范子燁：〈「小說書袋子」：《世說新語》的用典藝術〉，《求是學刊》1998 年第 5 期。

張立兵：〈《詩》「經」的解構與文學的張揚——試論《世說新語》引《詩》的特點及其產生原因〉，《社會科學家》總第 124 期，2007 年 3 月。

張祝平：〈鄭家《詩》婢自流芳——《詩》婢現象及其文化影響〉，「第七屆《詩經》國際學術研討會論文，2006 年 8 月 4 日至 7 日，四川南充：西華師範大學承辦。

張啟成：〈論魏晉南北朝詩學觀的新突破〉，《貴州大學學報》，1997 年，第 2 期。

鄒然：〈六朝《詩》說攬勝〉，《江西師範大學學報（哲學社會科學版）》，第 33 卷第 1 期，2000 年 2 月。

魯瑞菁：〈王逸《楚辭章句》引《詩》考論〉，第二屆全國經學學術研討會論文，2008 年 11 月 15 日，高雄市：高雄師範大學經學研究所主辦。

蕭希鳳：〈論《世說新語》對《詩經》的引用〉，《湖南科技學院學報》第 29 卷第 5 期，2008 年 5 月。

第四章

另類的《詩經》接受：《群書治要》詩觀蠡測

第一節　前言

《群書治要》之編纂動機及經過，可由下列敘述得之。唐朝劉肅《大唐新語・著述第十九》云：

> 太宗欲見前代帝王得失以為鑒戒，魏徵乃以虞世南、褚遂良、蕭德言等采經史百家之內嘉言善語，明王暗君之跡，為五十卷，號《群書理要》，上之。[1]

唐太宗（599-649）即皇帝位後第五年，命魏徵（580-643）率虞世南（558-638）、褚亮（560-648）、蕭德言（558-654）等人編纂《群書治要》，上引文號《群書理要》者，乃因避諱唐高宗李治（628-683）之故，此書又曾改為《群書政要》。上引文言褚遂良曾參與編纂，乃誤植，參與者為褚遂良之父褚亮。

歐陽脩等撰《新唐書・列傳第一百二十三・蕭德言》云：

> 太宗欲知前世得失，詔魏徵、虞世南、褚亮及德言裒次經史百氏帝王所以興衰者上之，帝愛其書博而要，曰：「使我稽古臨事不惑者，公等力也！」賚賜尤渥。[2]

而魏徵《群書治要・序》亦曰：

> 皇上以天縱之多才，運生知之叡思，性與道合，動妙幾神。元德潛通，化前王之所未化；損己利物，行列聖

1 〔唐〕劉肅：《大唐新語・著述第十九》（北京：中華書局，1984 年 6 月），卷九，頁 133。

2 〔宋〕歐陽脩等撰：《新唐書・列傳第一百二十三・蕭德言》（臺北：鼎文書局，1979 年 4 月），卷 198，儒學上，頁 5653。

> 之所不能行。……。俯協堯舜，式遵稽古。……。將取鑒乎哲人，以為六籍紛綸，百家踳駮。窮理盡性，則勞而少功；周覽汎觀，則博而寡要。故爰命臣等採摭群書，翦截淫放，光昭訓典，聖思所存，務乎政術。[3]

由魏徵序文可知，《群書治要》乃精選摘錄經籍、史部、百家而來，以「務乎政術」為準。在序文中，魏徵又談到選文的一些原則，為君之難，為臣不易，雅論徽猷，嘉言美事，可以宏獎名教，崇太平之基者，至於母儀嬪則，懿后良妃，傾城哲婦，亡國豔妻，時有所存，以備勸戒。凡為五帙，五十卷。今本缺卷四、卷十三、卷二十，存四十七卷而已。

全書編纂完成，唐太宗下詔曰：

> 太宗手詔曰：「朕少尚威武，不精學業，先王之道，茫若涉海。覽所撰書，博而且要，見所未見，聞所未聞。使朕政治稽古，臨事不惑，其為勞也，不亦大哉！」賜徵等絹千疋，綵物五百段。太子諸王，各賜一本。[4]

《宋史·藝文志》以後，公私書目俱不載《群書治要》，在中國，蓋已散佚。所幸流傳日本，清嘉慶年間，回傳中國，阮元收入《宛委別藏》。[5]

---

[3] 魏徵等奉敕撰：《群書治要·序》（臺北：臺灣商務印書館，1981 年 10 月，《宛委別藏》），頁 1。清嘉慶年間，《群書治要》由日本回傳中國，為阮元收入《宛委別藏》。本文所引《群書治要》以此版本為準，以下引文不再出注，只注明卷別、書名及臺灣商務印書館新編頁碼，《附表二》之引用，亦同此例。

[4] 〔唐〕劉肅：《大唐新語·著述第十九》，卷九，頁 133。

[5] 關於《群書治要》的版本、目錄、輯佚等文獻學研究，下列著述可供參考。王維佳：《《群書治要》的回傳與嚴可均的輯佚成就》，上海：復

從政治思想、治國理念及文化道德層面研究《群書治要》者頗多，下列論著可供參考。吳剛：《從《群書治要》看貞觀群臣的治國理念》，西安：陝西師範大學歷史文獻學專業碩士論文，2009 年。劉海天：《《群書治要》民本思想研究》，北京：中共中央黨校倫理學專業博士論文，2016 年。胡曉利：〈試論《群書治要》中官吏清廉的生成機制〉，《吉林師範大學學報（人文社會科學版）》2013 年 9 月第 5 期，頁 71-74。劉廣普、康維波：〈《群書治要》的治政理念研究〉，《理論觀察》2014 年第 11 期，頁 30-33。韓麗華：〈《群書治要》修身治國、為政以德的德治思想探析〉，《太原理工大學學報（社會科學版）》32：4（2014.08），頁 59-63。谷文國：〈《群書治要》的國家治理思想初探〉，《理論視野》2015 年第 8 期，頁 55-57。劉海天：〈從《群書治要》看「師道」的古今價值〉，《吉林師範大學學報（人文社會科學版）》2016 年 1 月第 1 期，頁 54-59。郭曙綸：〈慎言之意義、原則及其踐行方法——《群書治要》慎言觀研究〉，《江西青年職業學院學報》26：6（2016.12），頁 67-73。劉余莉：〈從《群書治要》看文化的

旦大學歷史學專業碩士論文，2013 年。沈蕓：《古寫本《群書治要·後漢書》異文研究》，上海：復旦大學漢語言文字學專業博士論文，2010 年。金光一：《《群書治要》研究》，上海：復旦大學中國語文學系博士論文，2010 年。楊春燕：《《群書治要》保存的散佚諸子文獻研究》，天津：天津師範大學中國古代文學專業碩士論文，2015 年。呂效祖：〈《群書治要》及中日文化交流〉，《渭南師專學報（社會科學版）》1998 年第 6 期，頁 22-25。吳金華：〈略談日本古寫本《群書治要》的文獻學價值〉，《文獻季刊》2003 年 7 月第 3 期，頁 118-127。潘銘基：〈日藏平安時代九条家本《群書治要》研究〉，《中國文化研究所學報》第 67 期（2018.07），頁 1-38。由呂效祖、趙保玉、張耀武主編的《群書治要考譯》，有考證，有白話翻譯，頗便當代讀者。此書由北京團結出版社出版，2011 年 6 月。

本質（上）〉，《山東人大工作》2017 年第 4 期，頁 56-60。劉余莉：〈從《群書治要》看文化的本質（下）〉，《山東人大工作》2017 年第 5 期，頁 53-61。謝青松：〈在歷史鏡鑒中追尋治理之道——《群書治要》及其現代價值〉，《雲南社會科學》2017 年第 3 期，頁 179-184。叢連軍：〈《群書治要》政治倫理思想研究的幾個核心問題〉，《吉林師範大學學報（人文社會科學版）》2017 年 7 月第 4 期，頁 14-19。宋玉順：〈《群書治要》反映的齊文化治國理念及其影響〉，《管子學刊》2018 年第 2 期，頁 76-81。上述所有論著，合乎《群書治要》「務乎政術」的原始訴求。

宋維哲〈《群書治要》引經述略〉，著重探討初唐經學的發展與演變。[6]張嘉俱〈論《群書治要‧毛詩》的精選面貌〉，探討《群書治要‧毛詩》不選陳、檜、豳三風之因、《群書治要‧毛詩》對首章的選錄情形、《群書治要‧毛詩》其他特殊的精選現象。[7]此文是《群書治要‧毛詩》罕見的研究成果，筆者之附表一《群書治要‧毛詩》選錄情形，即引用張嘉俱此文。

本文之研究重點不在版本、佚文、異文，也不在其引詩形式，而著重其摘錄現象中，所呈現的詩觀。《詩經》成書之後，春秋時期外交場合即廣泛運用，《左傳》及《國語》記載頗多。著述及言語引用亦多，見諸《論語》、《孟子》、《荀子》、《禮記》、《孝經》、《韓詩外傳》等儒家典籍。亦偶見史部子

---

[6] 宋維哲：〈《群書治要》引經述略〉，《有鳳初鳴年刊》第二期（2005.07），頁 147-160。

[7] 張嘉俱：〈論《群書治要‧毛詩》的精選面貌〉，頁 1-17，未刊本。此文為張嘉俱在筆者「詩經學專題研究」課程的期末報告。

部之書徵引《詩經》。以上種種都是《詩經》接受史的一部分。《群書治要》則以摘錄的方式呈顯其另類的《詩經》接受。《群書治要》所表顯的詩觀，類同於孔子的「述而不作」，而「述」中隱微表達其對《詩》的種種看法。

第二節　《群書治要・毛詩》重視《詩序》的詩學價值

《群書治要・卷三・詩・周南》云：

〈關雎〉，后妃之德也，風之始也，所以風天下而正夫婦也，故用之鄉人焉，用之邦國焉。風，諷也，教也。風以動之，教以化之。詩者，志之所之也。在心為志，發言為詩。情動於衷而形於言，言之不足，故嗟歎之，嗟歎之不足，故詠歌之，詠歌之不足，不知手之舞之，足之蹈之也。情發於聲，聲成文謂之音。治世之音，安以樂，其政和。亂世之音，怨以怒，其政乖。亡國之音，哀以思，其民困。故正得失，動天地，感鬼神，莫近於詩。先王以是經夫婦，成孝敬，厚人倫，美教化，移風易俗。故詩有六義焉，一曰風，二曰賦，三曰比，四曰興，五曰雅，六曰頌。上以風化下，下以風刺上。言之者無罪，聞之者足以自誡，故曰風。以一國之事，繫一人之本，謂之風。言天下之事，形四方之風，謂之雅。雅者，正也，言王政之所由廢興也。政有小大，故有小雅焉，有大雅焉。頌者，美盛德之形容，以其成功，告於神明者也。是謂四始，詩之至

也。至於王道衰，禮義廢，政教失，國異政，家殊俗，而變風變雅作矣。……。（頁 107-109）

《詩序》分〈詩大序〉及〈詩小序〉。〈詩大序〉一般以為從「詩者，志之所之也。」到「詩之至也」一句為止。〈詩大序〉前後被〈關雎序〉所夾。筆者比對《毛詩正義》，發現《群書治要》所引〈詩大序〉，字句略有差異。〈詩小序〉為各單篇詩篇的序，有詩篇題解的作用。〈詩大序〉可謂詩學總綱，述及詩的定義、起源、發展、演變、類別、功能。《群書治要·卷三·毛詩》將其放在最前面，表示其重視〈詩大序〉的詩學價值。

《群書治要》「情動於中而形於言」作「情動於衷而形於言。」《群書治要》「永歌之」作「詠歌之」，其義較劣，永歌即長言，《虞書》有「歌永言」之句。《群書治要》「移風俗」作「移風易俗」。《群書治要》缺「主文而譎諫」一句；「聞之者足以戒」作「聞之者足以自誡」，多一「自」字。蓋「主文而譎諫」乃就「言之者」而言，「聞之者」但「自誡」即可，《群書治要》於義為長。《群書治要》缺以下一段：「國史明乎得失之迹，傷人倫之廢，哀刑政之苛，吟詠情性，以風其上，達於事變而懷其舊俗者也。故變風發乎情，止乎禮義。發乎情，民之性也；止乎禮義，先王之澤也。」顯現《群書治要》的節錄性質。而「至於王道衰，禮義廢，政教失，國異政，家殊俗，而變風變雅作矣」原來在上引缺文之前，《群書治要》則將其挪到最後。

《群書治要·卷三·詩·小雅》云：

> 〈六月〉，宣王北伐也。〈鹿鳴〉廢則和樂缺矣。〈四牡〉廢則君臣缺矣。〈皇皇者華〉廢則忠信缺矣。〈常棣〉廢則兄弟缺矣。〈伐木〉廢則朋友缺矣。〈天保〉廢則福祿缺矣。〈采薇〉廢則征伐缺矣。〈出車〉廢則功力缺矣。〈杕杜〉廢則師眾缺矣。〈魚麗〉廢則法度缺矣。〈南陔〉廢則孝友缺矣。〈白華〉廢則廉耻缺矣。〈華黍〉廢則畜積缺矣。〈由庚〉廢則陰陽失其道理矣。〈南有嘉魚〉廢則賢者不安，下民不得其所矣。〈崇丘〉廢則萬物不遂矣。〈南山有臺〉廢則國之基墜矣。〈由儀〉廢則萬物失其道理矣。〈蓼蕭〉廢則恩澤乖矣。〈湛露〉廢則萬國離矣。〈彤弓〉廢則諸夏衰矣。〈菁菁者莪〉廢則無禮矣。〈小雅〉盡廢，則四夷交侵，中國微矣。（頁 130-131）

筆者比對《毛詩正義》，「下民不得其所矣」，《群書治要》多一「民」字。「隊」，《群書治要》作「墜」。「蓄積」，《群書治要》作「畜積」。此段文字言，〈小雅〉二十二篇不可廢（含笙詩六篇），廢則四夷交侵，中國微矣。此段文字出現在「〈六月〉，宣王北伐。」詩小序之後，〈六月〉詩篇之前，其義以為，若廢此〈小雅〉諸篇，則有戰爭之威脅。以人倫關係言，涉及君臣、兄弟、朋友、孝友、賢者、下民、諸夏、萬國。以自然言，涉及陰陽、萬物。以國家制度及兵力言，涉及法度、禮、征伐、功力、師眾。以德目言，涉及忠信、廉耻。以社會福祉言，涉及和樂、福祿、恩澤、蓄積。

《群書治要·毛詩》摘錄嘉言美事，警句格言，張嘉俱有所探討，並製「《群書治要·毛詩》選錄情形」一表（見本文附表一)。[8]〈詩大序〉云：「治世之音，安以樂，其政和。亂世之音，怨以怒，其政乖。亡國之音，哀以思，其民困。故正得失，動天地，感鬼神，莫近於詩。先王以是經夫婦，成孝敬，厚人倫，美教化，移風俗。」此言樂歌之道，與政相通，發展為詩有正風正雅、變風變雅之說。重視詩歌的政治倫理教化功能。(「動天地，感鬼神」談到詩歌的神秘主義精神，這在孔、孟、荀的儒家詩學脈絡中，是不被重視的。)筆者的研究路徑不同於張嘉俱，將以魏徵《群書治要·序》所言「為君之難」(人君之道)、「為臣不易」(人臣之道)、「母儀嬪則，懿后良妃，傾城哲婦，亡國豔妻，時有所存，以備勸戒」(后妃之道)三者，加以探討。

(一)人君之道

〈詩小序〉談及人君之道，可以美、刺言之，仁君美之，暴君刺之。其美文王、成王、宣王者最多，亦有不明言美某公某王者。其刺者，以幽王、厲王最多，另有刺桓王、頃公、襄公、康公、昭公、共公者，亦有不明言刺某公某王者。

1. 美人君之詩

〈大雅·文王〉：「文王受命作周也。」(頁 148)〈大雅·大明〉：「文王有明德，故天復命武王也。」(頁 149)〈大雅·思齊〉：「文王所以聖也。」(頁 150)此詩言「思齊大任，文王之母。思媚周姜，京室之婦。大姒嗣徽音，則百斯男。刑于寡妻，至于兄弟，以御于家邦。」以有太姜、太任、太姒

[8] 張嘉俱：〈論《群書治要·毛詩》的精選面貌〉，頁 6-17。經審查委員提醒，此表應新增一項，筆者修訂之，新增「除首章外另引它章」。

三母正妻之賢，故文王德有所由成也。〈大雅・靈臺〉:「民始附也。文王受命，而民樂其有靈德，以及鳥獸昆蟲焉。」(頁151) 此言「經始靈臺，經之營之。庶民攻之，不日成之。經始勿亟，庶民子來。」與民同樂也。

〈大雅・假樂〉:「嘉成王也。」(頁 152)

〈大雅・雲漢〉:「仍叔美宣王也。宣王承厲王之烈，內有撥亂之志，遇灾而懼，側身修行，欲消去之。天下喜於王化復行，百姓見憂，故作是詩也。」(頁 157-158) 此遭天大旱，宣王虔誠祈雨，苦民所苦之詩。〈小雅・車攻〉:「宣王復古也。宣王能內修政事，外攘夷狄，復文武之境土，修車馬，備器械，復會諸侯於東都，因田獵而選車徒焉。」(頁 132)〈小雅・鴻鴈〉:「美宣王也。萬民離散，不安其居，而能勞來還定安集之，至乎鰥寡，無不得其所焉。」(頁 132) 宣王誠所謂內修政事，外攘夷狄也。

〈衛風・淇澳〉:「美武公之德也。有文章，又能聽規諫，以禮自防，故能入相于周，美而作是詩。」(頁 115) 有文章，又能聽規諫，以禮自防，仁君必備之美德。

〈小雅・南山有臺〉:「樂得賢也。得賢者則能為邦家，立太平之基矣。」(頁 128) 任賢使能，則邦家得治，立太平之基，此歷代仁君，念茲在茲者也。〈小雅・蓼蕭〉:「澤及四海也。」(頁 129)〈大雅・行葦〉:「忠厚也。周家忠厚，仁及草木，故能內睦於九族，外尊事黃耇，養老乞言，以成其福祿焉。」(頁 151) 此三篇未明言美某公某王，蓋天下仁君均須具此美德善政也。

2.　刺人君之詩

子貢曰：「紂之不善，不如是之甚也。是以君子惡居下流，天下之惡皆歸焉。」（《論語・子張》）《群書治要・毛詩》所選錄詩篇，其中刺幽王者，有十八篇之多。〈小雅・節南山〉：「家父刺幽王也。」（頁 134）〈小雅・正月〉：「大夫刺幽王也。」（頁 134）〈小雅・十月之交〉：「大夫刺幽王也。」（頁 135）〈小雅・小旻〉：「大夫刺幽王也。」（頁 136）〈小雅・小宛〉：「大夫刺幽王也。」（頁 137）〈小雅・小弁〉：「刺幽王也。太子之傅作焉。」（頁 138）〈小雅・巧言〉：「刺幽王也。大夫傷於讒而作是詩。」（頁 139）〈小雅・巷伯〉：「刺幽王也。寺人傷於讒而作是詩。」（頁 139）〈小雅・谷風〉：「刺幽王也。天下俗薄，朋友道絕焉。」（頁 140）〈小雅・蓼莪〉：「刺幽王也。民人勞苦，孝子不得終養爾。」（頁 140）〈小雅・北山〉：「大夫刺幽王也。役使不均，己勞於從事，而不得養其父母焉。」（頁 141）〈小雅・青蠅〉：「大夫刺幽王也。」（頁 142）〈小雅・賓之初筵〉：「衛武公刺時也。幽王荒廢，媟近小人，飲酒無度，天下化之，君臣上下，沉湎淫液，武公既入，而作是詩也。」（頁 143）〈小雅・采菽〉：「刺幽王也。侮慢諸侯，諸侯來朝，不能錫命以禮，數徵會之，而無信義，君子見微，而思古焉。」（頁 144）〈小雅・角弓〉：「父兄刺幽王也。不親九族，而好讒佞，骨肉相怨，故作是詩也。」（頁 144）〈小雅・菀柳〉：「刺幽王也。暴虐而刑罰不中，諸侯皆不欲朝，言王者之不可朝事也。」（頁 145）〈小雅・隰桑〉：「刺幽王也。小人在位，君子在野，思見君子盡心以事之也。」（頁 146）〈小雅・何草不黃〉：「下國刺幽王也。四夷交侵，中國背叛，用兵不息，視民如禽獸，君子憂之，故作是詩也。」（頁 147）刺幽王者有大夫、家父、太子之傅、寺人、衛武公、父兄、下國及未明言何人刺者。所以刺幽王之因，除未實指者外，有信讒、天下俗薄、孝子不得終養、役使不均、飲酒無度、侮慢諸侯、不親九族、暴虐而刑罰不中、小人在位、君子在野、用兵不息等，所有暴君之所能，幽王蓋皆有之。此所謂「為君之難」，魏徵以反面教材警惕唐太宗。

《群書治要・毛詩》選錄刺厲王的有四篇。〈大雅・板〉：「凡伯刺厲王也。」（頁 153）〈大雅・蕩〉：「召穆公傷周室大壞也。厲王無道，天下蕩蕩，無綱紀文章，故作是詩也。」（頁 154）〈大雅・抑〉：「衛武公刺厲王也，亦以自警也。」（頁 156）〈大雅・桑柔〉：「芮伯刺厲王也。」（頁 156）這四篇都是《詩經》名篇，有很多名句為典籍著述所頻繁引用。本文附表二所徵引，可見一斑。

此外，刺人君之詩，尚有下列各詩。〈柏舟〉刺衛頃公。（頁 112）〈若蘭〉刺惠公。（頁 116）〈葛藟〉刺桓王。（頁 117）〈采葛〉刺桓王。（頁 117）〈甫田〉刺襄公。（頁 119）〈晨風〉刺康公。（頁 122）〈權輿〉刺康公。（頁 123）〈蜉蝣〉刺昭公。（頁 123-124）〈候人〉刺共公。（頁 124）周天子桓王及各國公侯，均在被刺之列。

匿名審查委員以為，為使「為君之道」不空泛，可如以下分類，其言曰：

> 「提倡孝道」（〈渭陽〉、〈蓼莪〉）、「敬慎威儀」（《小宛〉、〈大明》、〈蕩〉、〈抑〉等）、「選賢遠讒」（〈南山有臺〉、

〈崧高〉、〈烝民〉、〈干旄〉、〈風雨〉、隰桑〉、〈白駒〉、〈鹿鳴〉、〈晨風〉、〈權輿〉、〈伐木〉、〈淇澳〉、〈巧言〉、〈巷伯〉、〈采葛〉、〈十月之交〉、〈青蠅〉等）、「重視天倫」（如〈常棣〉、〈角弓〉、〈葛菜〉：〈杕杜〉等）、「君民互動」（如〈碩鼠》、〈甘棠〉、〈蓼蕭〉、〈天保〉、〈文王〉、〈靈臺〉、〈菀柳〉、〈雲漢〉等），如此方見為君之「道」、為政之「術」。

就〈詩序〉而言，上引所述詩篇詩旨不盡如此，亦有一篇之篇旨可跨兩類或以上者。然亦可備一說。

（二）人臣之道

〈邵南・甘棠〉：「美邵伯也。邵伯之教，明于南國。」（頁 111）歷代循吏列傳與讚美優良官員時，多引用〈甘棠〉以美之。〈周頌・敬之〉：「群臣進戒嗣王也。」（頁 164）有「敬之敬之！天維顯思，命不易哉！無曰高高在上。陟降厥士，日監在茲。」之句。

其實，君道與臣道，有時可以相提並論。卿士大夫刺君王王公，即有人臣勸諫之意。諫諍君王為人臣極可貴的情操。《群書治要》的預設讀者是唐太宗，可能也是述及人臣之道的詩篇選錄較少的原因。

（三）后妃之道

《群書治要・詩・周南》：「〈關雎〉樂得淑女以配君子。憂在進賢，不婬其色。哀窈窕，思賢才，而無傷善之心焉。

是〈關雎〉之義也。」(頁 109)〈關雎〉為《詩經》首篇，亦為《詩經》名篇。《群書治要》此處採毛詩義，而不採三家詩刺康王晏起之義。〈周南・卷耳〉:「后妃之志也。又當輔佐君子，求賢審官，知臣下之勤勞，內有進賢之志，而無險詖私謁之心，朝夕思念，至於憂勤。」(頁 110-111) 有「采采卷耳，不盈傾筐。嗟我懷人，寘彼周行。」之句，思君子，官賢人，置之周之列位也。《毛詩正義》「傾筐」作「頃筐」。〈齊風・雞鳴〉:「思賢妃也。哀公荒淫怠慢，故陳賢妃貞女夙夜警戒相成之道焉。」(頁 118-119) 上述三篇即所謂「懿后良妃」也。

上文論及刺幽王之詩頗多，幽王之所以暴虐不仁不慈，與幽后褒姒，很有關係，有些詩是幽王幽后一併刺之。〈小雅・白華〉:「周人刺幽后也。幽王娶申女以為后，又得褒姒，而黜申后。故下國化之，以妾為妻，以孽代宗，而王弗能治。」(頁 146)〈大雅・瞻仰〉為凡伯刺幽王大壞也。《毛詩正義》「瞻仰」作「瞻卬」。有「哲夫成城，哲婦傾城。懿厥哲婦，為梟為鴟。婦有長舌，維厲之階。亂匪降自天，生自婦人。匪教匪誨，時維婦寺。」之句。《毛傳》:「非有人教王為亂，語王為惡者，是維近愛婦人用其言，是故致亂也。」此即魏徵《群書治要・序》「傾城哲婦，亡國豔妻，時有所存，以備勸戒」之義。

綜合本節所論，《群書治要・毛詩》重視〈詩大序〉及〈詩小序〉的詩學價值。〈詩序〉呈顯儒家的倫理詩觀，重視詩歌的倫理道德、政治教化的作用，把《詩經》當作倫理道德的教科書。〈小雅・六月・序〉以反面敘述〈小雅〉盡廢之禍害。

人君之道、人臣之道、后妃之道則符合「務乎政術」的原始要求。

第三節　從《群書治要》徵引《詩經》探其詩觀

筆者逐頁檢索《群書治要》，得其徵引《詩經》計八十九則。（見附表二「《群書治要》徵引《詩經》一覽表」）本節即在此表的基礎上，展開論述。

（一）《群書治要》的倫理詩觀

《論語》、《孟子》、《荀子》徵引《詩經》不少，但《群書治要》的摘錄，僅見一則。《群書治要・卷九・論語為政》：「子曰：『《詩》三百，一言以蔽之，曰：思無邪。』」（頁 428）孔子是《詩經》接受史上的「第一讀者」[9]，他提出許多開創性的詩學理念，影響極大。詩可以興，邇之事父，遠之事君，均有所資。

《群書治要・卷十四・漢書・志》：「殷周之盛，《詩》《書》所述，要在安民，富而教之也。」（頁 661）蓋國實民富而教

[9] 接受理論所謂的「第一讀者」，是指提出具有開創性及影響性的人物。就《詩經》接受史而言，吳國公子季札在襄公 29 年（B.C.544）於魯觀周樂，曾提出一些看法，當年孔子（B.C.551-479）七歲，應是早於孔子提出詩樂理論之人，但是，在中國文化史上的地位與影響力，季札無法和孔子相提並論，故筆者以孔子為《詩經》接受史上的「第一讀者」。

化成，《詩》《書》所述，不過「富」與「教」而已。此承襲孔子富而後教的思想。

《群書治要・卷十五・漢書・傳》:「夫遵衰周之軌迹，循詩人之所刺，而欲以成太平致雅頌，猶却行而求及前人也。」（頁 710）此為劉向上封事的內容。劉向所言乃指變風變雅之作，〈詩大序〉所謂「王道衰，禮義廢，政教失，國異政，家殊俗，而變風變雅作矣。」只有施行仁政德政，愛民如子，視民如傷，才能得詩人之讚頌。

《群書治要・卷十六・漢書・傳》:「陸賈，楚人也。有口辯。常居左右，時時前說稱《詩》《書》。高帝罵之曰:『乃公居馬上得之，安事《詩》《書》？』賈曰:『馬上得之，寧可以馬上治乎？且文武並用，長久之術也。』」（頁 752）漢高祖劉邦的草莽性格顯露無遺，和唐太宗李世民自謙「朕少尚威武，不精學業，先王之道，茫若涉海。」相比，正如雲泥之別，高下立判。《詩》《書》也可以「務乎政術」，不可偏廢。

（二）對仁君文王的歌頌

《群書治要》選錄經、史、子部書籍中，其徵引《詩經》詩篇詩句，與「文王」有關者頗多，附表二 8、9、10、11、17、23、30、38、41、43、87 各則都與「文王」有關。《詩經》〈大雅〉及〈周頌〉多歌頌文王之詩，儼然為仁君的典範，以文王之德之業勉唐太宗，應為魏徵等人的編纂動機所在。

《群書治要・卷六・春秋左氏傳・昭公六年》云：

> 六年，鄭人鑄刑書。叔向使詒子產書曰：「昔先王議事以制，不為刑辟，懼民之有爭心也。……。夏有亂政，而作禹刑。商有亂政，而作湯刑。周有亂政，而作九刑。三辟之興，皆叔世也。今吾子相鄭國，制參辟，鑄刑書，將以靖民，不亦難乎？《詩》曰：『儀式刑文王之德，日靖四方。』又曰：『儀刑文王，萬邦作孚。』如是，何辟之有？民知爭端矣，將棄禮而徵於書，錐刀之末，將盡爭之，亂獄滋豐，賄賂並行，終子之世，鄭其敗乎？肸聞之，國將亡，必多制，其此之謂乎？」（頁 238-241）

此鄭子產要鑄刑書，晉國叔向以書信勸其勿做此事。引與文王有關詩句，言文王以德為儀式，故能日有安靖四方之功。言文王作儀法，為天下所信也。言《詩》唯以德與信，不以刑。政、刑與德、禮的選擇，是治國理政的重要議題。子曰：「道之以政，齊之以刑，民免而無恥；道之以德，齊之以禮，有恥且格。」（《論語·為政》）儒家主張德治禮治優於刑法之治，主張以德服人。「治亂世，用重典。」太平盛世則應著重以詩書禮樂化民成俗，不務爭鬥。

《群書治要·卷六·春秋左氏傳·昭公九年》云：

> 築郎囿，季平子欲其速成。叔孫昭子曰：「《詩》云：『經始勿亟，庶民子來。』焉用速成？其以勦民也，無囿猶可，無民其可乎？」（頁 247）

〈大雅·靈臺〉，《孟子·梁惠王篇上》云：「文王以民力為臺為沼，而民歡樂之，謂其臺曰靈臺，謂其沼曰靈沼，樂其有麋鹿魚鼈。古之人與民偕樂，故能樂也。」[10]程俊英、蔣見元說：「為了突出『與民偕樂』的中心，詩人採用了正面著筆和側面映襯的兩種寫法。第一章寫人民踴躍為文王建臺，以見民心歡樂，是正面寫。第二、三、四章轉而描繪鳥獸蟲魚的自由自在，形容鐘鼓音樂的盛大美好，每章都洋溢著一股歡歡喜喜的氣氛。雖然不著一個『民』字，但『與民偕樂』的景象卻明白地展現出來了。」[11]仁君與民同樂，故民樂於快速完成靈囿，暴君擾民、虐民，人民恨不得與其偕亡。不以民為本，不以民心為依歸，不為人民謀福祉的暴君，會遭人民唾棄。只有有德之君才能享遊觀之樂，無德之君欲與其偕亡。

《群書治要・卷六・春秋左氏傳・昭公二十六年》云：

> 二十六年，齊有彗星，齊侯使禳之。晏子曰：「無益也，祇取誣焉。天道不諂，不貳其命，若之何禳之？且天之有彗，以除穢也，君無穢德，又何禳焉！若德之穢，禳之何損？《詩》曰：『惟此文王，小心翼翼。昭事上帝，聿懷多福。厥德不回，以受方國。』君無違德，方國將至，何患於彗？《詩》曰：『我無所監，夏后及商。用亂之故，民卒流亡。』若德回亂，民將流亡，祝史之為，無能補也。」公悅，乃止。（頁 264-265）

前引詩言文王德不違天人，故四方之國歸往之。後引詩為逸詩，今本《詩經》所無，略同「殷鑑不遠，在夏后之世」之

---

10 〔周〕孟軻、〔漢〕趙岐注、〔宋〕孫奭疏：《孟子注疏》，（臺北縣板橋市：藝文印書館，1979 年），頁 11。

11 程俊英、蔣見元：《詩經注析（下冊）》，（北京：中華書局，1991 年），頁 788。

義。若無違德，有彗星現，可不必禳之。若違德，禳之亦無益。晏子之說為一種理性、人文的精神。

文王「刑于寡妻，至于兄弟，以御于家邦。」此言文王能齊家、友愛兄弟、治理家邦。「濟濟多士，文王以寧。」此言文王能任賢使能，國家因而安寧。周之子孫，須聿修文王之德，方能長保天下。唐太宗若能效法文王，實行文王之德，則可置人民於衽席之上，國泰民安。

（三）重視人君、人臣、后妃之道的《詩經》應用觀

本文第二節論及《群書治要·毛詩》的儒家倫理詩觀，已以人君之道、人臣之道、后妃之道三目呈現之。本小節則以《群書治要》徵引《詩經》為例，說明之。

人君之道廣泛，除前文所述者外，尚可舉數端言之。人君須「不愆不忘，率由舊章。」（第 53、61、77 則）人君須慎言，「白圭之玷，尚可磨也。斯言之玷，不可為也。」（第 19、20、89 則）人君須有威儀，「敬慎威儀，惟民之則。」（第 4、5、16、18、19、20、28、29 則）人君須為人民表率，「爾之教矣，民胥效矣。」（第 81、84 則）人君須勤勉政事，「夙興夜寐，無忝爾所生。」（第 26、65、74 則）人君須戒慎恐懼，「戰戰兢兢，如臨深淵，如履薄冰。」（第 24、64、66 則）人君不能醉酒誤國。（第 88 則）人君須有始有終，「靡不有初，鮮克有終。」（第 3、59、62 則）。

有些品德是人君、人臣都須具備的，如慎言、戒慎、勤勉、不醉酒誤國、有始有終、威儀等。「柔亦不茹，剛亦不吐。」

（第 14、83、85 則）「甘棠之澤」（第 15、67 則）則較就人臣而言。另外，人臣懼讒。（第 34、56、68 則）。由於《群書治要》的設定讀者是皇帝及太子諸王，所以人臣之道所述較少。

后妃之道則可以第 82 則為例。《群書治要・卷四十六・典論》：「三代之亡，由乎婦人，故《詩》刺艷女，《書》誡哲婦，斯已著在篇籍矣。」（頁 2454）國家之亡，由乎婦人，此傳統思維定勢，牢不可破，要在防女禍之患也。

《群書治要》徵引《詩經》，多引詩句數句以明之，然亦有只徵引《詩》篇名者，有時一段摘錄文章中，徵引三篇以上者，亦不罕見。依《附表二》所見，其例有四。

《群書治要・卷二十三・後漢書・傳》云：

> 楊震曰：「《書》誡牝雞牡鳴，《詩》刺哲婦喪國。……。令野無〈鶴鳴〉之歎，朝無〈小明〉之悔，〈大東〉不興於今，〈勞止〉不怨於下。擬蹤往古，比德哲王，豈不休哉！」（頁 1089）

楊震此處提到五首詩。《詩》刺哲婦喪國，乃指〈大雅・瞻卬〉所云：「懿厥哲婦，為梟為鴟。婦有長舌，維厲之階。亂匪降自天，生自婦人。匪教匪誨，時維婦寺。」哲夫成城，哲婦傾城。〈鶴鳴〉為小雅之詩，《詩序》云：「〈鶴鳴〉，誨宣王也。」《鄭箋》申之曰：「教宣王求賢人之未仕者。」君王若能求賢，則野無「鶴鳴」之歎。〈小明〉為小雅之詩，《詩序》曰：「〈小明〉，大夫悔仕于亂世也。」楊震用《詩序》義。〈大東〉為小雅之詩，《詩序》曰：「〈大東〉，刺亂也。東國困於役而傷於財，譚大夫作是詩以告病焉。」楊震用《詩序》義。《毛詩》無〈勞止〉篇，但大雅有〈民勞〉篇，其詩有「民亦勞止，汔可小康。」「民亦勞止，汔可小休。」「民亦勞止，汔可小息。」「民亦勞止，汔可小愒。」「民亦勞止，汔可小安。」之句，〈勞止〉應為〈民勞〉之誤。此詩言元老憂國之將傾，勸諫年輕同僚輔佐我王，惠此中國，以綏四方。楊震此則引《詩》，多遵毛義。

《群書治要·卷二十三·後漢書·傳》云：

> 楊賜曰：「不念〈板〉〈蕩〉之作，虺蜴之誡，殆哉之危，莫過於今。……。斥遠佞巧之臣，速徵〈鶴鳴〉之士。」（頁 1098）

楊賜此處提到三首詩。《詩序》：「〈板〉，凡伯刺厲王也。」又曰：「〈蕩〉，召穆公傷周室大壞也。厲王無道，天下蕩蕩，無綱紀文章，故作是詩也。」〈鶴鳴〉則為求賢之詩，前文已述。楊賜用毛義。

《群書治要·卷二十六·魏志》云：

> 陳思王曹植，太和五年，上疏求存問親戚，致其意曰：「……。遠慕〈鹿鳴〉君臣之宴，中詠〈常棣〉匪他之戒，下思〈伐木〉友生之義，終懷〈蓼莪〉罔極之哀。……。故〈柏舟〉有天只之怨，〈谷風〉有棄予之歎。……。詔報曰：「夫忠厚仁及草木，則〈行葦〉之詩作。恩澤衰薄，不親九屬，則〈角弓〉之章刺。……。

> 本無禁諸國通問之詔也。矯枉過正，下吏懼譴，以至於此耳，已敕有司，如王所訴。」(頁 1273-1278)

此則為陳思王曹植與魏文帝曹丕，為諸國通問是來往的上疏與詔書，計引八首詩。《詩序》:「〈鹿鳴〉，燕群臣嘉賓也。」《詩序》:「〈常棣〉，燕兄弟也。閔管、蔡之失道，故作〈常棣〉焉。」有「凡今之人，莫如兄弟」之句，即「匪他之戒」之義。《詩序》:「〈伐木〉，燕朋友故舊也。自天子至于庶人，未有不須友以成者。親親以睦，友賢不棄，不遺故舊，則民德歸厚矣。」《詩序》:「〈蓼莪〉，刺幽王也。民人勞苦，孝子不得終養爾。」有「欲報之德，昊天罔極」之句。〈柏舟〉為〈鄘風〉之〈柏舟〉，有「母也天只！不諒人只」之句。〈谷風〉為〈小雅〉之〈谷風〉，有「將安將樂，女轉棄予」及「將安將樂，棄予如遺」之句。以上六篇為曹植上疏所引之詩。《詩序》:「〈行葦〉，忠厚也。周家忠厚，仁及草木，故能內睦九族，外尊事黃耇，養老乞言，以成其福祿焉。」曹丕用毛義。《詩序》:「〈角弓〉，父兄刺幽王也。不親九族而好讒佞，骨肉相怨，故作是詩也。」曹丕用毛義。此詩有「不令兄弟，交相為瘉。民之無良，相怨一方」之句。

《群書治要・卷四十六・中論》云：

> 《詩》曰:「爾之教矣，民胥放矣。」……。感〈蓼莪〉之篤行，惡〈素冠〉之所刺。(頁 2442-2443)

《毛詩正義・小雅・角弓》有「爾之遠矣，民胥然矣。爾之教矣，民胥傚矣。」之句，徐幹《中論》改「傚」為「放」，義同。《詩序》:「〈蓼莪〉刺幽王也。民人勞苦，孝子不得終養爾。」徐幹《中論》「感〈蓼莪〉之篤行」，其意蓋以為孝子欲行孝奉養而不可得，反其義而言之。《詩序》：「〈素冠〉，刺不能三年也。」毛、鄭以詩刺人子不能行父母三年之喪，徐幹《中論》用毛義。

本文所述《群書治要》徵引各書情形，若引《詩》句則計為獨立一則；若只引《詩》篇名，縱使多篇，亦只計為一則。上文擇四例論述其徵引多篇之情形。

第四節　結論

《群書治要·卷三·毛詩》摘錄七十八首，其中〈國風〉二十四首、〈小雅〉三十一首、〈大雅〉十五首、〈周頌〉五首、〈魯頌〉一首、〈商頌〉二首。〈國風〉佔比為 30.77%、雅頌佔比為 69.23%。《毛傳》《鄭箋》慣以倫理道德、政治教化詮釋整部《詩經》，但就《群書治要》的編纂者觀念言，雅頌「務乎政術」的性質較強，摘錄佔七成之重。

從附表三〈《群書治要》徵引《詩經》次數統計表〉中，可得出下列數字，總論 5 次、逸詩 1 次、非《詩》句 1 次、〈國風〉18 次、〈小雅〉34 次、〈大雅〉43 次、〈頌〉5 次，總計 107 次。總論佔 4.67%、逸詩佔 0.93%、非《詩》句佔 0.93%、〈國風〉佔 16.82%、〈小雅〉佔 31.78%、〈大雅〉佔 40.19%、〈頌〉佔 4.67%。雅頌合計佔 76.64%。若去除總論、逸詩、非《詩》句的 7 次不計，則剛好 100 次，〈國風〉佔 18%、雅頌合計佔 82%。不論採何種計算方式，雅頌佔比遠高於〈國風〉，由此亦可證雅頌「務乎政術」的性質較強。

《群書治要‧毛詩》所摘錄的內容，據本文研究所得成果，發現它非常重視〈詩大序〉及〈詩小序〉的詩學價值，而〈六月‧序〉一段，論及二十二首詩，最為特殊。《群書治要》摘錄經、史、子各書徵引《詩經》詩篇詩句，體現儒家倫理詩觀，重視詩歌的倫理道德、政治教化的功用，是實用的道德主義。它側重在人君之道、人臣之道及后妃之道，符合此書原始編纂動機「務乎政術」的要求。它雖然是一部封建時期的「政治道德教科書」，但其中許多理念，在二十一世紀全球化浪潮之下，仍有借鑑的價值。

附表一：《群書治要·毛詩》選錄情形

篇名	選錄章節	未選首章	僅選首章	除首章外另引他章
周南·關雎	首章、二章			◎
周南·卷耳	首章		◎	
邵南·甘棠	首章		◎	
邵南·何彼襛矣	首章		◎	
邶風·栢舟	首章、四章			◎
邶風·谷風	首章		◎	
鄘風·相鼠	首章、三章			◎
鄘風·干旄	首章		◎	
衛風·淇澳	首章		◎	
衛風·芄蘭	首章		◎	
王風·葛藟	首章		◎	
王風·采葛	首章		◎	
鄭風·風雨	首章		◎	
鄭風·子衿	首章		◎	
齊風·雞鳴	首章		◎	
齊風·甫田	首章		◎	
魏風·伐檀	首章		◎	
魏風·碩鼠	首章		◎	
唐風·杕杜	首章		◎	
秦風·晨風	首章		◎	
秦風·渭陽	首章、二章（全選）			◎

秦風・權輿	首章		◎	
曹風・蜉蝣	首章		◎	
曹風・候人	首章		◎	
小雅・鹿鳴	首章		◎	
小雅・皇皇者華	首章		◎	
小雅・常棣	首章、三章、四章			◎
小雅・伐木	首章		◎	
小雅・天保	二章、六章	◎		
小雅・南山有臺	首章		◎	
小雅・蓼蕭	首章		◎	
小雅・湛露	首章		◎	
小雅・六月	首章（選 4 句）		◎	
小雅・車攻	首章、七章、八章			◎
小雅・鴻雁	二章	◎		
小雅・白駒	首章		◎	
小雅・節南山	首章（選 6 句）		◎	
小雅・正月	首章、六章、八章			◎
小雅・十月之交	首章、二章、三章、七章			◎
小雅・小旻	首章、三章、四章、六章			◎
小雅・小宛	六章（末章）	◎		
小雅・小弁	二章、三章、八章（末章）	◎		
小雅・巧言	二章、三章	◎		
小雅・巷伯	首章、六章			◎
小雅・谷風	首章、三章（末章）			◎
小雅・蓼莪	首章、三章、四章			◎
小雅・北山	二章、四章、五章、六章（末章）	◎		
小雅・青蠅	首章、二章			◎

小雅·賓之初筵	三章、四章	◎		
小雅·采菽	首章		◎	
小雅·角弓	首章、二章			◎
小雅·菀柳	首章（選4句）		◎	
小雅·隰桑	首章、三章			◎
小雅·白華	二章、五章	◎		
小雅·何草不黃	首章、二章			◎
大雅·文王	首章、三章、四章、五章			◎
大雅·大明	首章、三章			◎
大雅·思齊	首章、二章			◎
大雅·靈臺	首章		◎	
大雅·行葦	首章、四章（末章）			◎
大雅·假樂	首章、二章			◎
大雅·民勞	首章		◎	
大雅·板	首章、七章			◎
大雅·蕩	首章、五章、七章、八章（末章）			◎
大雅·抑	二章、五章	◎		
大雅·桑柔	四章、九章、十一章、十三章（末章）	◎		
大雅·雲漢	首章		◎	
大雅·崧高	首章、八章（末章）			◎
大雅·烝民	首章、二章、四章、五章、六章			◎
大雅·瞻卬	首章、二章、三章、四章、五章			◎
周頌·清廟	首章		◎	
周頌·振鷺	首章		◎	
周頌·雝	首章		◎	
周頌·有客	首章		◎	

周頌・敬之	首章		◎	
魯頌・閟宮	三章	◎		
商頌・長發	三章、四章	◎		
商頌・殷武	三章、四章	◎		
合計 78 篇		13 篇	39 篇	26 篇

註：此表為張嘉倛所製。「除首章外另引他章」欄位，則為筆者所增。

附表二：《群書治要》徵引《詩經》一覽表

序號	卷別	書名	徵引詩句或詩篇	頁碼
1	卷五	《春秋左氏傳》成公八年	《詩》曰：「女也不爽，士貳其行。士也罔極，二三其德。」（《衛風·氓》）	190-191
2	卷五	《春秋左氏傳》襄公二十一年	《詩》云：「惠我無疆，子孫保之。」（《周頌·烈文》）	208
3 4 5 6	卷五	《春秋左氏傳》襄公三十一年	「靡不有初，鮮克有終。」（《大雅·蕩》） 「敬慎威儀，惟民之則。」（《魯頌·泮水》） 「威儀棣棣，不可選也。」（《邶風·柏舟》） 「不識不知，順帝之則。」（《大雅·皇矣》）	224-226
7	卷六	《春秋左氏傳》昭公元年	「不僭不賊，鮮不為則。」（《大雅·抑》）	227-228
8 9	卷六	《春秋左氏傳》昭公六年	「儀式刑文王之德，日靖四方。」（《周頌·我將》） 「儀刑文王，萬邦作孚。」（《大雅·文王》）	238-241
10	卷六	《春秋左氏傳》昭公九年	「經始勿亟，庶人子來。」（《大雅·靈臺》）	247
11 12	卷六	《春秋左氏傳》昭公二十六年	《詩》曰：「惟此文王，小心翼翼。昭事上帝，聿懷多福。厥德不回，以受方國。」（《大雅·大明》） 《詩》曰：「我無所監，	264-265

			夏后及商。用亂之故，民卒流亡。」此為逸詩。	
13	卷六	《春秋左氏傳》昭公二十六年	《詩》曰：「雖無德與汝，式歌且舞。」(《小雅．車舝》)	265-266
14	卷六	《春秋左氏傳》定公四年	《詩》曰：「柔亦不茹，剛亦不吐。不侮鰥寡，不畏彊禦。」(《大雅．烝民》)	273-275
15	卷六	《春秋左氏傳》定公九年	《詩》云：「蔽芾甘棠，勿剪勿伐，召伯所茇。」(《召南．甘棠》)	276-277
16	卷七	《禮記．禮運》	《詩》云：「人而無禮，胡不遄死！」(《鄘風．相鼠》)	305
17	卷七	《禮記．祭義》	《詩》云：「自西自東，自南自北，無思不服。」(《大雅．文王有聲》)	328
18	卷七	《禮記．經解》	《詩》云：「淑人君子，其儀不忒。其儀不忒，正是四國。」(《曹風．鳲鳩》)	332
19	卷七	《禮記．緇衣》	《詩》云：「慎爾出話，敬爾威儀。」(《大雅．抑》)	341
20	卷七	《禮記．大學》	《詩》云：「樂只君子，民之父母。」(《小雅．南山有臺》)	344
21	卷八	《韓詩外傳》	《詩》曰：「謀夫孔多，是用不就。」(《小雅．小旻》)	402

22	卷八	《韓詩外傳》	《詩》云：「自求伊祐。」(《魯頌·泮水》)	405
23	卷九	《孝經》	《大雅》云：「無念爾祖，聿修厥德。」(《大雅·文王》)	410
24	卷九	《孝經》	《詩》云：「戰戰兢兢，如臨深淵，如履薄冰。」(《小雅·小旻》)	411-412
25	卷九	《孝經》	《詩》云：「夙夜匪懈，以事一人。」(《大雅·烝民》)	412
26	卷九	《孝經》	《詩》云：「夙興夜寐，無忝爾所生。」(《小雅·小宛》)	413
27	卷九	《孝經》	《詩》云：「有覺德行，四國順之。」(《大雅·抑》)	417
28	卷九	《孝經》	《詩》云：「淑人君子，其儀不忒。」(《曹風·鳲鳩》)	420
29	卷九	《孝經》	《詩》云：「愷悌君子，民之父母。」(《大雅·泂酌》)	422-423
30	卷九	《孝經》	《詩》云：「自西自東，自南自北，無思不服。」(《大雅·文王有聲》)	425
31	卷九	《論語·為政》	子曰：「《詩》三百，一言以蔽之，曰：思無邪。」	428
32	卷十四	《漢書·志》	《詩》曰：「凱悌君子，民之父母。」(《大雅·泂酌》)	656

33	卷十四	《漢書・志》	殷周之盛，《詩》《書》所述，要在安民，富而教之也。	661
34	卷十五	《漢書・傳》	故其《詩》曰：「密勿從事，不敢告勞。無罪無辜，讒口嗸嗸。」（《小雅・十月之交》）	709
35	卷十五	《漢書・傳》	夫遵衰周之軌迹，循詩人之所刺，而欲以成太平致雅頌，猶却行而求及前人也。	710
36	卷十五	《漢書・傳》	《詩》云：「我心匪石，不可轉也。」（《邶風・柏舟》）	712
37	卷十五	《漢書・傳》	《詩》云：「憂心悄悄，慍于羣小。」（《邶風・柏舟》）	713
38	卷十五	《漢書・傳》	孔子論《詩》，至於「殷士膚敏，灌將于京。」喟然歎曰：「大哉天命，善不可不傳于子孫，是以富貴無常，不如是，則王公其何以戒慎？民萌其何以勸勉？蓋傷微子之事周，而痛殷之亡也。」（《大雅・文王》）	715-716
39	卷十六	《漢書・傳》	陸賈，楚人也。有口辯。常居左右，時時前說稱《詩》《書》。高帝罵之曰：「乃公居馬上得之，安事《詩》	752

			《書》？」賈曰：「馬上得之，寧可以馬上治乎？且文武並用，長久之術也。」	
40 41	卷十七	《漢書・傳》	《詩》曰：「非言不能，胡此畏忌？」(《大雅・桑柔》) 又曰：「濟濟多士，文王以寧。」(《大雅・文王》)	823
42	卷十七	《漢書・傳》	《詩》曰：「赫赫師尹，民具爾瞻。」(《小雅・節南山》)	867-868
43	卷十九	《漢書・傳》	《詩》云：「濟濟多士，文王以寧。」(《大雅・文王》)	922
44	卷十九	《漢書・傳》	（鮑宣）上書諫曰：「陛下上為皇天子，下為黎庶父母，為天牧養元元，視之當如一合〈尸鳩〉之詩。」(《曹風・鳲鳩》)	944
45	卷二十一	《後漢書・本紀》	（孝明皇帝）詔曰：「三老李躬，年耆學明。五更桓榮，授朕《尚書》，《詩》曰：『無德不報。』其賜榮爵關內侯，食邑五千戶。」(《大雅・抑》)	974
46	卷二十一	《後漢書・皇后紀序》	故康王晚朝，〈關雎〉作諷。	985

47	卷二十二	《後漢書・傳》	郅惲上書諫曰：「陛下遠獵山林，夜以繼書，其如社稷宗廟何！暴虎馮河，未至之誡，誠小臣所竊憂也。」(《小雅・小旻》)	1045
48	卷二十二	《後漢書・傳》	郭躬曰：「周道如砥，其直如矢。君子不逆詐，君王法天刑，不可以委曲生意。」(《小雅・大東》)	1076
49	卷二十二	《後漢書・傳》	《詩》云：「不剛不柔，布政優優。」(《商頌・長發》)	1077
50	卷二十三	《後漢書・傳》	楊震曰：「《書》誡牝雞牡鳴，《詩》刺哲婦喪國。……。令野無〈鶴鳴〉之歎，朝無〈小明〉之悔，〈大東〉不興於今，〈勞止〉不怨於下。擬蹤往古，比德哲王，豈不休哉！」	1089
51	卷二十三	《後漢書・傳》	楊賜曰：「今殿前之氣，應為虹蜺，皆妖邪所生，不正之象，詩人所謂〈蝃蝀〉者也。」	1096
52	卷二十三	《後漢書・傳》	楊賜曰：「不念〈板〉〈蕩〉之作，虺蜴之誡，殆哉之危，莫過於今。……。斥遠佞巧之臣，速徵〈鶴鳴〉之士。」	1098

53	卷二十三	《後漢書·傳》	張晧上書曰：「《詩》云：『不愆不忘，率由舊章。』」（《大雅·假樂》）	1099
54	卷二十五	《魏志》	何晏奏曰：「《詩》云：『一人有慶，兆民賴之。』」 按：此為《尚書·呂刑》之句，非《詩》句。	1220
55	卷二十五	《魏志》	崔玉諫曰：「今邦國殄瘁，惠康未洽，士女企踵，所思者德。」（《大雅·瞻卬》）	1235-1236
56	卷二十五	《魏志》	毛玠辭曰：「……。〈青蠅〉橫生，為臣作謗。」	1240
57	卷二十六	《魏志》	陳思王曹植，太和五年，上疏求存問親戚，致其意曰：「……。遠慕〈鹿鳴〉君臣之宴，中詠〈常棣〉匪他之戒，下思〈伐木〉友生之義，終懷〈蓼莪〉罔極之哀。……。故〈柏舟〉有天只之怨，〈谷風〉有棄予之歎。……。詔報曰：「夫忠厚仁及草木，則〈行葦〉之詩作。恩澤衰薄，不親九屬，則〈角弓〉之章刺。……。本無禁諸國通問之詔也。矯枉過正，下吏懼	1273-1278

			譴，以至於此耳，已勅有司，如王所訴。」	
58	卷二十六	《魏志》	《詩》云:「惟鵲有巢，惟鳩居之。」(《召南·鵲巢》)	1320
59	卷二十七	《吳志》	《詩》云:「靡不有初，鮮克有終。」(《大雅·蕩》)	1360
60	卷二十七	《吳志》	步騭上疏:「無罪無辜，橫受大刑，是以吏民跼天蹐地，誰不戰慄？」 按:「無罪無辜」出自《小雅·十月之交》。「跼天蹐地」化用《小雅·正月》「謂天蓋高？不敢不局。謂地蓋厚？不敢不蹐。」之句。	1368
61	卷三十	《晉書》	今之建置，宜使率由舊章，一如古典。(《大雅·假樂》)	1520
62	卷三十三	《晏子·諫上》	《詩》曰:「靡不有初，鮮克有終。」(《大雅·蕩》)	1668
63	卷三十三	《晏子·諫下》	《詩》曰:「轂則異室，死則同穴。」(《王風·大車》)	1674

64	卷三十五	《文子・上行》	文子問曰：「何行而民親其上？」老子曰：「使之以時，而敬慎之。如臨深淵，如履薄冰。」 按：文子為老子弟子。「如臨深淵，如履薄冰。」出自《小雅・小旻》。	1811
65	卷三十五	《曾子・立孝》	《詩》言「夙興夜寐，毋忝爾所生。」（《小雅・小宛》）	1834
66	卷三十五	《曾子・疾病》	與小人游，如履薄冰，每履而下，幾何而不陷乎哉！（《小雅・小旻》）	1838
67	卷三十六	《尸子・勸學》	《詩》曰：「蔽芾甘棠，勿剪勿敗，召伯所憩。」仁者之所息，人不敢敗也。（《召南・甘棠》）	1856
68	卷四十	《新語》（陸賈）	《詩》云：「讒人罔極，交亂四國。」眾邪合心，以傾一君，國危民失，不亦宜乎！（《小雅・青蠅》）	2098
69	卷四十一	《淮南子・泰族》	《詩》曰：「惠此中國，以綏四方。」內順外寧也。（《大雅・民勞》）	2177
70	卷四十二	《鹽鐵論》	揚干戚昭雅頌以風之。目覩威儀干戚之容，耳聽升歌雅頌之聲。	2195

			按：此言四夷心充至德，欣然以歸，慕義內附。	
71	卷四十二	《鹽鐵論》	《詩》云：「舍彼有罪，既伏其辜。若此無罪，淪胥以鋪。」傷無罪而累也。(《小雅・雨無正》)	2201
72	卷四十二	《新序》	《詩》曰：「惟鵲有巢，惟鳩居之。」(《召南・鵲巢》)	2221
73	卷四十二	《新序》	《詩》曰：「中心臧之，何日忘之？」 按：此為《小雅・隰桑》詩句，子張見魯哀公，見七日，而公不禮。引詩反其意而用之。	2236
74	卷四十三	《說苑・臣術》	夙興夜寐，進賢不懈。 按：「夙興夜寐」出自《大雅・抑》。	2249
75	卷四十四	《潛夫論》	《詩》云：「先民有言，詢于蒭蕘。」(《大雅・板》)	2319
76	卷四十四	《潛夫論》	殷鑒不遠，在夏后之世。(《大雅・蕩》)	2323
77	卷四十五	《政論》	不知所云，則苟云率由舊章而已。 按：「率由舊章」出自《大雅・假樂》。	2344

78	卷四十五	《政論》	《詩》曰：「貪人敗類。」蓋傷之也。(《大雅·桑柔》)	2353
79	卷四十五	《政論》	人懷〈羔羊〉之潔，民無侵枉之性矣。昔周之衰也，大夫無祿，詩人刺之。(《召南·羔羊》)	2365
80	卷四十六	《中論》(徐幹)	《詩》云：「匪言不能，胡其畏忌？」(《大雅·桑柔》)	2420-2421
81	卷四十六	《中論》(徐幹)	《詩》曰：「爾之教矣，民胥放矣。」(《小雅·角弓》) 感〈蓼莪〉之篤行，惡〈素冠〉之所刺。	2442-2443
82	卷四十六	《典論》	三代之亡，由乎婦人，故《詩》刺艷女，《書》誡哲婦，斯已著在篇籍矣。 按：《小雅·十月之交》有「豔妻煽方處」之句。《大雅·瞻卬》有「懿厥哲婦，為梟為鴟。婦有長舌，維厲之階。亂匪降自天，生自婦人。匪教匪誨，時維婦寺」之句。	2454
83	卷四十七	《政要論·臣不易》	剛亦不吐，柔亦不茹。(《大雅·烝民》)	2489

84	卷四十七	《政要論・政務》	《詩》云:「爾之教矣，民胥效矣。」(《小雅・角弓》)	2496
85	卷四十七	《政要論・諫爭》	《詩》云:「袞職有缺，仲山甫補之。柔亦不茹，剛亦不吐。」正諫者也。(《大雅・烝民》)	2508
86	卷五十	《袁子正書・悅近》	孔子曰:「詩人疾掊克在位，是以聖人體德居簡，而以虛受人。」按:《大雅・蕩》有「曾是掊克」之句。掊克，自誇逞強也。	2656
87	卷五十	《袁子正書・悅近》	文王刑于寡妻。 按:《大雅・思齊》有「刑于寡妻，至于兄弟，以御于家邦。」之句。	2657
88	卷五十	《抱朴子・酒誡》	俗人是酣是湎，其初筵也，抑抑濟濟，言希容整，詠〈湛露〉之厭厭，歌在鎬之愷樂，舉萬壽之觴，誦溫克之義。……。屢舞僊僊，舍其座遷，載號載呶，如沸如羹。 按:此文多引《小雅・賓之初筵》詩句，言未醉時之謹慎，既醉後之醜態。	2679-2680
89	卷五十	《抱朴子・疾謬》	匪降自天，口實為之。……。班輪不能磨斯言之既玷。	2686-2687

			按：《大雅·抑》有「白圭之玷，尚可磨也。斯言之玷，不可為也。」之句。此言禍從口出，宜慎言也。	

表三：《群書治要》徵引《詩經》次數統計表

分類	詩篇	在附表二所列之序號	次數
總論		31、33、35、39、70	5
逸詩		12	1
非《詩》句		54	1
國風	〈衛風・氓〉	1	1
國風	〈邶風・柏舟〉	5、36、37、57	4
國風	〈召南・甘棠〉	15、67	2
國風	〈鄘風・相鼠〉	16	1
國風	〈曹風・鳲鳩〉	18、28、44	3
國風	〈周南・關雎〉	46	1
國風	〈鄘風・蝃蝀〉	51	1
國風	〈召南・鵲巢〉	58、72	2
國風	〈王風・大車〉	63	1
國風	〈召南・羔羊〉	79	1
國風	〈檜風・素冠〉	81	1
小雅	〈車舝〉	13	1
小雅	〈南山有臺〉	20	1
小雅	〈小旻〉	21、24、47、64、66	5
小雅	〈小宛〉	26、65	2
小雅	〈十月之交〉	34、60、82	3
小雅	〈節南山〉	42	1
小雅	〈鶴鳴〉	50、52	2
小雅	〈大東〉	48、50	2
小雅	〈青蠅〉	56、68	2
小雅	〈小明〉	3	1
小雅	〈鹿鳴〉	57	1
小雅	〈常棣〉	57	1
小雅	〈伐木〉	57	1
小雅	〈蓼莪〉	57、81	2
小雅	〈谷風〉	57	1
小雅	〈角弓〉	57、81、84	3

小雅	〈雨無正〉	71	1
小雅	〈隰桑〉	73	1
小雅	〈賓之初筵〉	88	1
小雅	〈正月〉	60	1
小雅	〈湛露〉	88	1
大雅	〈蕩〉	3、52、59、62、76、86	6
大雅	〈皇矣〉	6	1
大雅	〈抑〉	7、19、27、45、74、89	6
大雅	〈文王〉	9、23、38、41、43	5
大雅	〈靈臺〉	10	1
大雅	〈大明〉	11	1
大雅	〈烝民〉	14、25、83、85	4
大雅	〈文王有聲〉	17、30	2
大雅	〈泂酌〉	29、32	2
大雅	〈桑柔〉	40、78、80	3
大雅	〈板〉	52、75	2
大雅	〈瞻卬〉	50、55、82	3
大雅	〈民勞〉	50、69	2
大雅	〈假樂〉	53、61、77	3
大雅	〈行葦〉	57	1
大雅	〈思齊〉	87	1
頌	〈周頌・烈文〉	2	1
頌	〈魯頌・泮水〉	4、22	2
頌	〈周頌・我將〉	8	1
頌	〈商頌・長發〉	49	1
總計			107

徵引文獻

原典文獻

〔漢〕毛亨傳、〔漢〕鄭玄箋、〔唐〕孔穎達疏、〔民國〕李學勤主編:《毛詩正義》，臺北:臺灣古籍出版有限公司，2001 年 10 月初版。

〔周〕孟軻、〔漢〕趙岐注、〔宋〕孫奭疏:《孟子注疏》，臺北縣板橋市:藝文印書館，1979 年。

〔唐〕魏徵等奉勑撰:《群書治要》，臺北:臺灣商務印書館，1981 年 10 月，《宛委別藏》。

〔唐〕劉肅:《大唐新語》，北京:中華書局，1984 年 6 月。

〔宋〕歐陽脩等撰:《新唐書》，臺北:鼎文書局，1979 年 4 月。

近人論著

王維佳:《《群書治要》的回傳與嚴可均的輯佚成就》，上海:復旦大學歷史學專業碩士論文，2013 年。

谷文國:〈《群書治要》的國家治理思想初探〉，《理論視野》2015 年第 8 期，頁 55-57。

吳剛:《從《群書治要》看貞觀群臣的治國理念》，西安:陝西師範大學歷史文獻學專業碩士論文，2009 年。

吳金華：〈略談日本古寫本《群書治要》的文獻學價值〉，《文獻季刊》2003 年 7 月第 3 期，頁 118-127。

宋玉順：〈《群書治要》反映的齊文化治國理念及其影響〉，《管子學刊》2018 年第 2 期，頁 76-81。

宋維哲：〈《群書治要》引經述略〉，《有鳳初鳴年刊》第二期（2005.07），頁 147-160。

沈蕓：《古寫本《群書治要・後漢書》異文研究》，上海：復旦大學漢語言文字學專業博士論文，2010 年。

呂效祖：〈《群書治要》及中日文化交流〉，《渭南師專學報（社會科學版）》1998 年第 6 期，頁 22-25。

呂效祖、趙保玉、張耀武主編：《群書治要考譯》，北京：團結出版社，2011 年 6 月。

金光一：《《群書治要》研究》，上海：復旦大學中國語文學系博士論文，2010 年。

胡曉利：〈試論《群書治要》中官吏清廉的生成機制〉，《吉林師範大學學報（人文社會科學版）》2013 年 9 月第 5 期，頁 71-74。

張嘉倛：〈論《群書治要・毛詩》的精選面貌〉，頁 1-17，未刊本。

郭曙綸：〈慎言之意義、原則及其踐行方法——《群書治要》慎言觀研究〉，《江西青年職業學院學報》26：6（2016.12），頁 67-73。

程俊英、蔣見元：《詩經注析》，北京：中華書局，1991 年。

楊春燕：《《群書治要》保存的散佚諸子文獻研究》，天津：天津師範大學中國古代文學專業碩士論文，2015 年。

劉余莉：〈從《群書治要》看文化的本質（上）〉，《山東人大工作》2017 年第 4 期，頁 56-60。

劉余莉：〈從《群書治要》看文化的本質（下）〉，《山東人大工作》2017 年第 5 期，頁 53-61。

劉海天：〈從《群書治要》看「師道」的古今價值〉，《吉林師範大學學報（人文社會科學版）》2016 年 1 月第 1 期，頁 54-59。

劉海天：《《群書治要》民本思想研究》，北京：中共中央黨校倫理學專業博士論文，2016 年。

劉廣普、康維波：〈《群書治要》的治政理念研究〉，《理論觀察》2014 年第 11 期，頁 30-33。

潘銘基：〈日藏平安時代九条家本《群書治要》研究〉，《中國文化研究所學報》第 67 期（2018.07），頁 1-38。

謝青松：〈在歷史鏡鑒中追尋治理之道——《群書治要》及其現代價值〉，《雲南社會科學》2017 年第 3 期，頁 179-184。

韓麗華：〈《群書治要》修身治國、為政以德的德治思想探析〉，《太原理工大學學報（社會科學版）》32：4（2014.08），頁 59-63。

叢連軍：〈《群書治要》政治倫理思想研究的幾個核心問題〉，《吉林師範大學學報（人文社會科學版）》2017 年 7 月第 4 期，頁 14-19。

國家圖書館出版品預行編目資料

《詩經》接受論／林耀潾　著　—初版—
臺中市：天空數位圖書　2024.03
面：17*23 公分
ISBN：978-626-7161-89-0（平裝）
1.CST：詩經　2.CST：研究考訂
831.18　　113003309

書　　名：《詩經》接受論
發 行 人：蔡輝振
出 版 者：天空數位圖書有限公司
作　　者：林耀潾
美工設計：設計組
版面編輯：採編組
出版日期：2024 年 3 月（初版）
銀行名稱：合作金庫銀行南台中分行
銀行帳戶：天空數位圖書有限公司
銀行帳號：006−1070717811498
郵政帳戶：天空數位圖書有限公司
劃撥帳號：22670142
定　　價：新台幣 390 元整
電子書發明專利第　I　306564　號
※如有缺頁、破損等請寄回更換

服務項目：個人著作、學位論文、學報期刊等出版印刷及DVD製作
影片拍攝、網站建置與代管、系統資料庫設計、個人企業形象包裝與行銷
影音教學與技能檢定系統建置、多媒體設計、電子書製作及客製化等
TEL　：(04)22623893
FAX　：(04)22623863　　MOB：0900602919
E-mail：familysky@familysky.com.tw
Https　://www.familysky.com.tw/
地　址：台中市南區忠明南路 787 號 30 樓國王大樓
No.787-30, Zhongming S. Rd., South District, Taichung City 402, Taiwan (R.O.C.)